Melhores Contos

Aurélio Buarque de Holanda

Direção de Edla van Steen

 Melhores Contos

Aurélio Buarque de Holanda

Seleção de
Luciano Rosa

São Paulo
2007

© Regis Ltda, 2005.
1ª Edição, Global Editora, 2007

Diretor Editorial
JEFFERSON L. ALVES

Gerente de Produção
FLÁVIO SAMUEL

Coordenadora Editorial
RITA DE CÁSSIA SAM

Revisão
LUICY CAETANO

Capa
EDUARDO OKUNO

Editoração Eletrônica
ANTONIO SILVIO LOPES

Dados Internacionais de Catalogação na Publicação (CIP)
(Câmara Brasileira do Livro, SP, Brasil)

Holanda, Aurélio Buarque de
  Melhores contos : Aurélio Buarque de Holanda / Aurélio Buarque de Holanda ; seleção de Luciano Rosa. – São Paulo : Global, 2007. – (Coleção melhores contos)

  ISBN 978-85-260-1250-9

  1. Contos brasileiros   I. Rosa, Luciano.   II. Título.
  III. Série.

07-8140   CDD–869.93

Índices para catálogo sistemático:

1. Contos : Literatura brasileira   869.93

Direitos Reservados

GLOBAL EDITORA E DISTRIBUIDORA LTDA.

Rua Pirapitingüi, 111 – Liberdade
CEP 01508-020 – São Paulo – SP
Tel.: (11) 3277-7999 – Fax: (11) 3277-8141
E.mail: global@globaleditora.com.br
www.globaleditora.com.br

Colabore com a produção científica e cultural.
Proibida a reprodução total ou parcial desta obra
sem a autorização do editor.

Nº DE CATÁLOGO: **2739**

Luciano Rosa nasceu no Rio de Janeiro, em 1973. É mestre em literatura brasileira pela UFRJ. Pesquisador da literatura brasileira do século XX, é autor de artigos e ensaios sobre o tema em periódicos e publicações especializadas. Organizou e prefaciou o livro *Anos 40* da coleção Roteiro da Poesia Brasileira, da Global Editora.

MUITO ALÉM DO DICIONÁRIO

Penetra surdamente no reino das palavras. [...]
Cada uma tem mil faces secretas sob a face neutra.
CARLOS DRUMMOND DE ANDRADE,"Procura da poesia".

Dentre a múltipla produção intelectual de Aurélio Buarque de Holanda, decerto a que se credita ao lexicógrafo é a mais consagrada. Há muito o nome de Aurélio se tornou sinônimo de dicionário. Sem minimizar o monumental trabalho de levantamento e registro da língua portuguesa do Brasil, o fato é que seu legado se espraia para além das páginas de sua obra mais popular.

Poucos representam de modo tão completo o conceito de *homem de letras*. A figura de Aurélio Buarque – ou "mestre Aurélio", como a ele se referiam amigos e intelectuais que desfrutaram de seu convívio e, não raro, de seus prestimosos obséquios em tarefas de revisor – encerra uma vocação incontestável não apenas para o estudo da língua, mas também para o pleno exercício de suas potencialidades. Além da lexicografia, mestre Aurélio se desdobrou numa constelação de ofícios que têm a palavra como instrumento: a poesia, o ensaísmo, a crítica, a filologia, a tradução, a crônica, a ficção. Boa mostra dessas e de outras facetas está na *Seleta em prosa e verso de Aurélio Buarque de Holanda Ferreira*, preparada por seu fraterno amigo Paulo Rónai, em 1979.

Ao que parece, a importância do dicionário organizado por Aurélio – há mais de três décadas referência obrigatória entre usuários e estudiosos do português falado no Brasil – de alguma forma deixou à sombra as tantas outras vertentes de sua obra. No entanto, ao iluminarmos o lado eclipsado dessa produção, descobrimos que, ao penetrar "no reino das palavras", Aurélio não se contentou em analisar-lhes a "face neutra": ele soube animá-las com seu impulso criador, fazendo-as sair do "estado de dicionário" e ganhar *status* de expressão artística.

Neste volume o leitor terá a oportunidade de travar contato com a narrativa de Aurélio, há tempos ausente do mercado editorial. Esclareça-se logo que este é um integrante *sui generis* da *Coleção Melhores Contos*: ao contrário do natural recorte seletivo pressuposto no título, os textos que se seguem não compõem uma antologia; antes contemplam toda a produção do autor editada no gênero. Além de eximir o organizador da ingrata missão de alijar os contos que não constariam da seleta, tal resolução tem o mérito de tornar novamente disponível o conjunto da criação ficcional de Aurélio Buarque, o que possibilita ao leitor conhecer todos os meandros desse interessante universo narrativo.

Aurélio publicou apenas um livro de ficção, *Dois mundos* (1942), laureado com o Prêmio Afonso Arinos, concedido pela Academia Brasileira de Letras. A primeira edição contava 19 escritos, divididos em três seções: "Contos", com 15 textos, "Retratos" e "Quadros", cada qual com duas peças. Na segunda edição, de 1956, o autor substituiu um conto ("O escritor Alberto Barros" deu lugar a "O balão de S. Pedro") e acrescentou um terceiro retrato ("Seu Candinho fiscal"), passando o volume a enfeixar 20 textos, a maioria de pequena extensão. Em 1974, sairia ainda uma terceira edição revista e reduzida, com apenas dez contos, a que se deu o título *O chapéu de meu Pai*. Diante dessa ficção tão alentada quanto conhecida, houvemos por bem reuni-la integralmente, em vez de procedermos à efetiva seleção dos "melhores contos" – tarefa que, influída por alguma dose de subjetividade, certamente daria azo a um ou outro nariz torcido.

Com exceção de dois textos de 1947 publicados na edição de 1956, os contos de *Dois mundos* datam de 1939 a 1942, período em que a prosa de caráter regionalista – produzida sobretudo por autores do Nordeste, como Graciliano Ramos, José Lins do Rego e Rachel de Queiroz – preponderava na ficção brasileira. Os contos do alagoano Aurélio não fogem ao influxo da época: a aura dominante em *Dois mundos* evoca ambientações típicas da região, recriadas com mestria no plano literário. O poeta Lêdo Ivo já sublinhou que "em toda a sua vida intelectual Aurélio Buarque de Holanda Ferreira portou o seu raro e exemplar selo nativo. Em sua maneira de ser brasileiro e nordestino, fremia a condição de alagoano",[*] patente na desenvoltura do ficcionista ao manipular elementos que tão vivamente nos trazem as coisas de sua terra. Manifestações folclóricas como o pastoril e o fandango, descritas em "O chapéu de meu Pai" e "Vozes de chegança"; os costumes e a fala da gente do povo, fielmente reproduzidos em "Zé Bala", "O balão de S. Pedro", "Retrato de minha avó" e "Maria Araquã", entre outros; a gaiatice pueril de "A primeira

---

[*] IVO, Lêdo. Aurélio: uma galáxia de palavras. In: *A república da desilusão: ensaios*. Rio de Janeiro: Topbooks, 1994. p. 84.

confissão" e "Mangas de defunto"; a atmosfera medonha da "Feira de cabeças", que levava de cidade em cidade os despojos de Lampião e seu bando, são algumas entre tantas referências à cultura e à vida do Nordeste que Aurélio incorpora em sua ficção.

Esse painel, no entanto, não se atém ao pitoresco superficial. Em "Filho e pai", por exemplo, o autor se arma de ironia para imiscuir-se nas relações de poder determinadas pelo coronelismo, prática habitual na região. No conto, o coronel Brício Barreto exerce o domínio político, econômico e social de certa vila sertaneja situada no estado de "A.", sujeitando facilmente as instituições às suas vontades e conveniências. A aparente "cautela" em ocultar a real localização em que se passa a história logo cai por terra: já de início o narrador informa que chegara ao vilarejo após duas noites de travessia pelo São Francisco, o mais importante curso fluvial do Nordeste... Ao mostrar o funcionamento daquele microcosmo, o ficcionista denuncia a autoridade espúria e a impunidade que a entroniza.

A aguda observação do escritor, entretanto, não se circunscreve à crônica regional: numa época de franco desenvolvimento dos centros urbanos, seu olhar se volta também para a vida da cidade e dos tipos humanos que nela circulam. A metrópole – notadamente o Rio de Janeiro, então capital federal – é palco de histórias como "Dr. Amâncio, revolucionário", "As coisas vão melhorar" e "João das Neves e o condutor". Nessa última, João das Neves, morador do bairro carioca do Méier, é um sujeito honesto e boa-praça, que "trabalha como um mouro" para sustentar as quatorze bocas que vivem às suas expensas. Ao fim da noite, após passar o dia se desdobrando entre quatro ou cinco ocupações distintas, dá expediente num café de sua propriedade, recém-aberto graças ao empréstimo tomado a um amigo. Apesar da situação quase deficitária, João das Neves faz boa figura, a ponto de impressionar o condutor do bonde que todas as madrugadas o leva para casa. Afável e diligente, o condutor costuma acordar o distinto passageiro, que invariavelmente cochila durante a viagem. A notícia de que João das Neves não passa de um pobre-diabo transforma o comportamento do condutor: desnuda-se, assim, o jogo de aparências que não raro medeia as relações humanas. O espaço urbano é também cenário de "Molambo", em que encontramos o jovem Antônio às voltas com o consumo irrefreado de álcool, por conta de uma desilusão amorosa. A pensão, o café, o botequim e as ruas da cidade testemunham a degradação moral do protagonista, pontuada por trechos do samba "É bom parar", de Noel Rosa e Rubens Soares: "Por que bebes tanto assim, rapaz?/Chega, já é demais/Se é por causa de mulher, é bom parar/Porque nenhuma delas sabe amar", aconselha a "música dos morros amorosos e tristes". Em vez das quadras do pastoril ou da chegança, o samba carioca embala a história e traduz o estado de espírito do atormentado personagem. As reiteradas intervenções da música popular, aliadas ao título do conto, suscitam a inevitável lembrança do samba-canção "Molambo", de Jaime Florence e Augusto Mesquita, cujo travo de melancolia se inocula também na desventura de Antônio.

Além dos instantâneos captados em redor, ao ficcionista interessa – talvez de modo ainda mais determinante – o esquadrinhamento dos desvãos da memória. A idéia de que "cada indivíduo é um poço de [...] recordações", estampada no parágrafo inicial de "Moema", insinua o pendor da ficção de Aurélio Buarque para o resgate do passado, convocado amiúde nos contos, quadros e retratos. Nos domínios da lembrança, a figura de Seu

Manuel, pai do escritor, ocupa posição de relevo. Em "O chapéu de meu Pai" – quiçá o conto mais célebre de Aurélio –, assistimos ao tropel de recordações que assaltam o narrador durante o velório do pai. Em meio à tristeza e ao bulício próprios da circunstância, a visão do chapéu paterno, esquecido a um canto da sala, serve de "ponto de referência para a reconstituição [...] de um passado inteiro". Estrutura-se assim uma narrativa de cronologia cambiante, habilmente conduzida, que, sem núcleo dramático específico, traz à tona o passado em episódios da vida do pai recém-falecido. Procedimento semelhante é usado em "O balão de S. Pedro": na noite junina, da cama de hospital onde viria a expirar, Seu Manuel avista um balão, cuja liberdade se contrapõe à imobilidade e ao abatimento do enfermo que o vê de longe. Tal qual o chapéu no outro conto, o balão surge como elemento deflagrador da memória.

Diversos pontos de contato entre a biografia de Aurélio e as tramas de "O chapéu de meu Pai" e "O balão de S. Pedro" autorizam a sobreposição do autor ao narrador das duas histórias. Isso faria do autor-narrador depositário da memória do pai, já que vários episódios referidos nos contos, vividos por Seu Manuel, não constam de seu acervo de experiências. Um terceiro escrito, também de feição autobiográfica, articula-se com os outros dois nesse mosaico de recordações: trata-se de "Dois mundos", que dá título ao único volume de ficção de Aurélio. Seu Manuel está presente nessa história, mas não como personagem central: diferentemente de "O chapéu de meu Pai" e "O balão de S. Pedro", "Dois mundos" se funda na vivência do próprio autor-narrador. A matéria-prima do conto, manejada com extrema sensibilidade, é a lembrança de uma tarde dominical em que ele, então com oito ou nove anos, acompanha o pai à morada de um casal amigo, onde semanalmente se reuniam para a leitura de romances. Do acontecimento trivial brotam as divagações do "guri contemplativo", as quais, permeadas por belas imagens e profundo lirismo, resultam num amálgama de reminiscências, afetos e impressões do "menino sentimental" cujos "sentidos se abriam, como uma flor, para outro mundo, estranho, imenso, misterioso". Em "Dois mundos", o propósito não é *narrar* uma história – compreendida como uma sucessão de ocorrências regidas por uma lógica causal –, mas revelar os efeitos que o evento desencadeia no autor-narrador.

O memorialista é também o pintor dos "quadros" e "retratos", em que resgata personagens e situações que lhe vincaram o espírito, especialmente na infância. Seja em forma de recordações vagas e esmaecidas, como as de que emerge "Seu Candinho fiscal", ou de lembranças mais vivas e presentes, é a memória o lastro desses testemunhos, que espelham fragmentos do real a partir da visada singular do autor. No "Retrato de minha avó", por exemplo, a cena familiar tem como pano de fundo aspectos socioculturais representativos de determinada época. Nascida no campo em meados do século XIX, d. Cândida Rosa traz em seu temperamento rabuja vestígios de um Brasil rústico e escravocrata. "Filha de proprietário rural, senhor de escravos, nunca freqüentou escola, nem teve em casa quem a desasnasse. Nem ela nem as irmãs". Com essa breve pincelada o retratista situa a avó num tempo em que o acesso à educação e à cultura era, via de regra, negado às mulheres. A "ignorância bem sólida", a "birra entranhável ao negro" – a seu juízo sempre o escravo –, ao mesmo tempo que delineiam a personalidade de d. Cândida, revelam o meio social que a formara. Para o cultor do idioma, a avó, repositório de uma linguagem fundada na oralidade, é também "preciosa fonte para estudos lingüísticos": "Os pontos de contato, tão numerosos, entre a língua das classes incultas e a dos nossos velhos clássicos, estou a observá-los a cada passo, quando d. Cândida Rosa faz uso da palavra", escreve Aurélio. Em "Maria Araquã", retrato de uma ex-escrava de seus avós maternos, a personagem-título resume, nas palavras do retratista, "um passado que não tive a boa fortuna de conhecer". Esse tempo pretérito – em que "era tudo tão deferente!", conforme fala de Araquã – nos chega em modinhas, histórias e outras manifestações da cultura popular recuperadas a partir das lembranças da ex-escrava.

Qualquer que seja o impulso que a provoca – a observação do cotidiano, o resgate da memória – ou a ambiência que a envolve, a ficção de Aurélio Buarque parece movida pelo desejo de sondar "as figuras humanas tocadas dos sentimentos mais heterogêneos: arrebatadas pela alegria do amor, desvairadas pelo ciúme, enfurecidas pelo ódio, renascidas pela esperança, prostradas pelo desespero". Nessa passagem de "Dois mundos", o autor prenuncia, talvez sem se dar conta, traços essenciais de seus próprios personagens: o amor se manifesta, de modo inusitado, no narrador de "Moema", conto de sabor machadiano; o ciúme instiga o personagem-título de "Zé Bala" ao ato crucial da trama; a esperança é a força que impele Gonçalo, protagonista de "As coisas vão melhorar"; o desespero fustiga as figuras centrais de "Molambo" e "Numa véspera de Natal". A composição desses e de outros tantos personagens, permeáveis a conflitos internos, sentimentos contraditórios e valores movediços, revela o interesse do ficcionista em investigar os recônditos da alma humana, o que se confirma numa realização artística distante do modelo "literário" que só tem a oferecer a mera fruição de uma historieta bem contada. A obra de Aurélio vai além, muito embora a leveza e a aparente simplicidade de algumas narrativas – fruto do domínio da linguagem e do engenho do escritor – possam, talvez, escamotear o convite à reflexão que subjaz nas tramas.

Já se disse que entre as relevantes contribuições do dicionarista Aurélio – tão sensível "aos falares e às gramáticas da arraia-miúda",** segundo Lêdo Ivo – está o registro de um sem-número de palavras e expressões autenticamente brasileiras, trabalho que concorre sobremodo para o reconhecimento da língua, considerada em toda a sua dimensão manifestação legítima da cultura do país. Por outros meios – próprios da arte literária –, a narrativa de Aurélio se firma, à semelhança de seu dicionário, como espelho de nossa identidade, ainda que as questões fundamentais nela incrustadas desconheçam fronteiras geográficas. Impregnada de brasilidade, sua obra ficcional tem o condão de nos revelar ante nossos próprios olhos, universalizando-se à medida que, seguindo a máxima de Tolstoi, fala de sua aldeia.

** Idem, ibidem.

CONTOS

A PRIMEIRA CONFISSÃO

A Herberto Sales

Logo à entrada da igreja, parei junto à caixa de esmolas para as almas:
— Fessora, para que é que alma quer dinheiro, hem?
Os colegas puseram-se a rir, um riso abafado. O Cheira-Céu é que se expandiu mais, mostrando os dentes podres – sempre a justificar o apelido, cabeça bem caída para trás, o nariz quase em posição horizontal.
D. Paulina franziu o cenho e cerrou os lábios: censurava a pergunta e impunha silêncio.
Porém a minha curiosidade continuava acesa. Aproximei-me da mestra, jeitosamente, e, entre curioso e tímido:
— Fessora, diga: para que é?
A fisionomia de D. Paulina ensaiou um sorriso; mas a rigidez disciplinar fechou-lhe outra vez os lábios e reavivou as rugas que lhe vincavam a testa, entre as sobrancelhas.
— Mas fessora...
Segurou-me pelo braço:
— Isso é pergunta que se faça! Vem-se confessar, e ainda está pecando!
E um beliscão me convenceu de que era possível adiar a satisfação da curiosidade.

Ia-me confessar. Um menino de oito anos naturalmente não teria idéia muito nítida a respeito de pecado. Mas, como nesse tempo eu já era dado à reflexão, encaixava no conceito de pecado, além dos que o catecismo chama capitais, as ações e omissões opostas aos dez mandamentos e a outros dispositivos da doutrina cristã. Na realidade, não compreendendo em que consistiam certos pecados, como a impureza, o desejar a mulher do próximo, restringia-se o horizonte em que, para mim, se enquadrava a representação mental do delito. Assim como assim, tinha uma noção exata sobre algumas dessas violações às leis divinas. Sabia, por exemplo, o que era o roubo, uma das mais graves. O roubo, ou o furto: eu não fazia distinção entre as duas coisas.

Chegada a minha vez, já estava com o pecado engatilhado, doido por libertar-me dele. Entregue a essa preocupação, mal atentava nuns morcegos que voejavam, às tontas, pelas imediações do altar-mor. O coração galopava. À minha esquerda, a pequena distância, os colegas. Uns, já confessados, procurando cumprir a pena imposta pelo padre, os beiços mexendo-se depressa, a puxar da alma o sujo dos pecados a poder de orações; outros, com a obra de asseio talvez feita pela metade e interrompida para descanso; outros, já livres, limpos, felizes; poucos, ainda à espera. Qualquer tentativa de conversa era energicamente repelida pela cara trancada de D. Paulina, que volta e meia punha o fura-bolos em exercício, deixando ouvir um "psiu!" complementar. Não podia deixar de lembrar-me da gramática, na parte sobre interjeições. As de silêncio: *chitom!, caluda!, psiu!.* A professora ilustrava a explicação fazendo o "psiu!" com aquele mesmo gesto.

Ajoelhei-me ao pé do confessionário (a cadeira ficava exatamente por cima de uma lápide já muito gasta),

e fui colando a boca aos buraquinhos. A gorda voz do sacerdote saiu, numa lentidão majestosa – aquela voz que me impressionava tanto nas missas cantadas:
– Diga os pecados.
Os pecados! O padre pensava que eu tinha muitos. Fiz uma auto-sondagem. A minha pergunta à professora não era pecado. Não podia ser. É nada de mais a gente procurar saber para que as almas querem dinheiro? Bem, mas nesse mesmo dia eu cometera um: Mamãe queria que eu saísse com uma roupa de gola de marujo, e eu protestei – não saía, não saía –, fiz bico, bati com o pé – que aquilo não era roupa de homem –, terminei chorando, e ela rindo: "Pois não é que esse pirralho já quer ser homem! Está direito..." Mas ali também não havia pecado: Mamãe, no fim, achara graça na minha tolice, e eu, satisfeito, dera-lhe um beijo na testa. – "Caviloso! Você se comporte direitinho, ouviu, meu filho?" Só havia, verdadeiramente, um pecado. E ia logo contá-lo, para me aliviar. A sinceridade do arrependimento serenava-me na certeza da absolvição. Depois, do vício que o originara eu ouvia dizer que até alguns padres padeciam.
– Eu tirei escondido uma banana de uma bananeira do Seu Tibúrcio, meu vizinho. Já faz muito tempo...
Olhei, sem querer, para uma Nossa Senhora cercada de anjos, no teto da igreja. Fazia uns nove meses, e isso me parecia muito tempo. É possível, porém, que andasse aí um desejo subconsciente de preparar atenuante: coisa antiga! Já com oito anos, ouvia Mamãe dizer, para livrar-me de castigos de meu Pai: "Homem, deixa isso, Neco. Para que estar agora pegando por tudo? Um menino dessa idade sabe lá o que faz!". Imaginem quase um ano antes!
E eu ia descrevendo ao confessor, com apreciável luxo de pormenores, as circunstâncias em que se dera o

crime; as dúvidas que me haviam assaltado; a tentação, por fim, vencendo todos os escrúpulos...

Um alívio grande ia-me enchendo todo, à proporção que a alma se esvaziava. Ouvia, de quando em quando, cochichos dos colegas. Que importava aquilo!

Não havia cerca entre o quintal de minha casa e o do vizinho. A bananeira – perto do limite do meu quintal – salientava-se no meio da verdura monótona de uns malvaíscos, entre os quais nos ocultávamos, eu e outros meninos, para fazer precisão, guardando sempre certa distância uns dos outros, a fim de não criar sapinhos na boca. Era de tardezinha. Eu andava só, bestando, por ali, quando os meus olhos foram atraídos para a fruta. No cacho ainda verdoso esplendia – tão amarelinha! – uma banana. Enchia-me a boca de água. Que beleza! Banana-maçã, a de que eu mais gostava. Olhei para todos os lados. Ninguém. Rumores vindos das casas próximas, diluídos, amortecidos com o trajeto, pareciam adensar o silêncio que me envolvia. E a fruta ali, a tentar-me. O "não furtar" subia-me à consciência, como poderosa força latente que agora emergisse para obstar a realização do meu desejo. Como que estava lendo no ar as palavras terríveis do catecismo de capa esverdeada: "Não furtar". – "A bananeira é do vizinho." – "A banana é tão amarela! Deve estar tão gostosa!" – "Não furtar." E eu hesitava, feito um fiel de balança. Carregava bem na concha da virtude, mas, quando dava por mim, a da tentação estava com peso maior. Depois, um equilíbrio – o fiel em posição vertical. Demoraria pouco assim. A luta não parava. Certo, nunca jamais ninguém saberia do meu crime. Sentia, porém, a presença de algum espectador que os meus olhos não poderiam distinguir. (Tal como ocorria quando eu ia fumar escondido.) E talvez houvesse a virtude triunfado na peleja, se a minha gula não encontrasse, para a vitória absoluta, a colaboração de um pedaço comprido de pau.

Tudo isso, está claro, foi dito em linguagem muito simples: nada de balança, nem de outros adultos artifícios literários.

Através dos orifícios do confessionário eu entrevia os olhos do padre voltados para mim. Não falava: com um balançar quase imperceptível de cabeça pontuava a história do furto. Parece que se ajeitou melhor no seu banquinho ao entrar a vara em cena. Busquei responsabilizá-la como cúmplice do delito. Se não achasse o diabo da vara... Não disse "o diabo", é natural: seria novo pecado. Mas fiz carga no pobre pedaço de pau. Com ele na mão, a gula estava armada, pronta para o triunfo. Fácil, agora, a obra de anulação das últimas reservas de resistência. A banana, cada vez mais amarela, distinguindo-se bem das outras, cada vez mais verdes. A tentação. Mastigava em seco. Enfim, que mal fazia? Uma banana... Se fosse o cacho inteiro! E a comparação desse pecado – o cacho! – com o que eu me dispunha a cometer reduzia enormemente, anulava quase, a minha culpa. Uma banana... Dos cachos de umas bananeiras de meu Pai, muitos haviam sido furtados, inteirinhos, em noites de festa na vila. Aproveitavam o barulho da banda de música para derrubar a bananeira. Uma banana... Na venda a gente comprava duas por um vintém. Não valia nada, dez-réis, uma banana.

Essa luta interior, tão longa no papel, na realidade se passou em poucos minutos. Penso que o valor, ou desvalor, da fruta foi o último argumento da gula para me subornar a consciência. Seja como for, a virtude só fez perder terreno desde que me achei senhor da vara. E com pouco a banana caía, para minha satisfação.

Ouvi um estalido seco partido da moita de malvaíscos. Estremeci. Pronto. Alguém, escondido ali, presenciara o furto. Que vergonha, meu Deus! Com que cara ficaria? Inquieto, aproximei-me: era um galo mariscando.

Ia anoitecendo, já. Vinha uma sombra leve, flutuante, cobrindo o oiteiro próximo, onde com outros meninos eu gostava de apanhar murta. Larguei a vara a um canto. Estava sozinho. Rumei para casa, assustado, nervoso, como quando acabava de fumar. Receava, talvez, que notassem na minha boca o cheiro da banana furtada.

Novas risadas dos colegas, agora menos discretas. A força disciplinar da professora ia entrando em declínio. O sacerdote avolumava, com o seu tom solene de voz, a gravidade da minha falta:

– Você pecou, meu filho... Não faça mais outra. Não bula nas coisas alheias. Deus vê tudo...

E aplicou a pena: padre-nossos, ave-marias, outras orações – não me lembra quantas de cada uma.

Levantei-me pronto a cumprir a sentença.

– Rapaz, você falou tão alto! A gente ouviu tu-dinho! – disse o Jorge.

Fiquei desconcertado:

– Foi? Por isso é que vocês estavam rindo...

– Quem tiver bananeira no quintal tome cuidado. O bicho é mesmo que macaco.

O Cheira-Céu mal pôde gozar a sua piada: D. Paulina lançou-lhe uns olhos medonhos.

Mas as risadinhas não terminaram logo. Quase me desespero, a princípio. Depois, pensei: não fazia mal que tivessem ouvido: eu sentia a alma pesar-me daquela culpa, e o alívio parecia maior com essa confissão involuntariamente pública.

Peguei a rezar, de joelhos, ansioso de purificação.

Uma sombra doce boiava no ar, ia aos poucos tomando conta da igreja. O sacristão acendia as velas nos altares, para a novena: mês de maio. Morcegos espantados cruzavam o templo. Havia agora mais suavidade, como que um ar de perdão, na fisionomia austera, humana, do Senhor dos Passos, grande como gente de verdade, a negra enorme cruz ao ombro, olhos negros enormes, que me fitavam cheios de censura quando, silencioso, entre os colegas, eu me preparava para a confissão.

Estava feliz. Faltava, apenas, que a professora me dissesse para que é que as almas queriam dinheiro.

1939

"ACORDA, PREGUIÇOSO..."

A Jeruza Cavalcanti

Agora, nesta ociosa tarde de sábado, está chovendo, embora manso – peneirando –, e os funcionários públicos não podem gozar as vantagens da semana inglesa. Chuvinha cacete. Leve, leve, mas interminável. Para alguns, dados a ficar em casa, descansando das possíveis fadigas burocráticas, é uma delícia esse chuviscar: ao menos espanta o calor, insuportável, pois ainda estamos em princípios de janeiro. Mas como não sofrem os que se acham habituados à sua matinê, ou ao passeio pela Rua do Comércio, o ponto elegante da cidade!

Em outro sábado qualquer, Professor Joaquim estaria espichado na sua excelente rede da Pedra de Delmiro Gouveia, de largas varandas, bordada a fio de seda. Costume velho. Chegava cinco minutos depois do meio-dia (morava perto do Tesouro), almoçava, com a mulher e os três filhos, sempre a queixar-se do trabalho (não agüentava mais: como era maluco, e sabia onde tinha as ventas, faziam dele burro de carga), e, tomado o cafezinho, subia para o sótão. Dormia, até que, ao pôr-do-sol, Maria Lúcia vinha despertá-lo para o jantar: "Acorda, preguiçoso... A papa-ceia já saiu".

Nesse dia, porém, era impossível a Professor Joaquim tirar a sua soneca, aproveitar bem o *weekend*. Pela primeira vez um acontecimento na sua vida vinha quebrar o ritmo desse antigo hábito, do tempo de solteiro: Maria Lúcia tinha morrido. Maria Lúcia – Luci –, justamente a mais moça das duas meninas. (Havia também um homem, o Paulinho.) A mais moça e a mais bonita. Morrera. Agora Professor Joaquim não sabe quando poderá ter tranqüilidade para fazer regaladamente a sua longa sesta, nos fins de semana. Sua filhinha está morta. Morta. Ainda que não bastasse, amarga advertência, o caixão branco, ali perto, na sala de visitas, com as velas ardendo em torno e um crucifixo à cabeceira; e a ansiada lufa-lufa na casa toda, volta e meia os soluços mal sofreados – toda essa pesada, sufocante atmosfera de morte –, estariam as pessoas que entram e, num abraço, lhe murmuram: "Meus pêsames". E, pior, os que vão além: "Então sua menina morreu, hem? Coitadinha! Tão engraçada, tão bonita! Ora, veja as coisas como são neste mundo: tanta gente velha e imprestável por aí, viva, e uma criaturinha como aquela... É o destino". Professor Joaquim agradece, a custo.

A realidade entra-lhe, cada vez mais forte, olhos adentro: Maria Lúcia morreu. É pela morte dela, de sua Luci, que ele, o pai, está recebendo pêsames. Não valem nada os pêsames. Convenção. Quem pode avaliar, compreender a dor que o martiriza, e lhe põe esse tremor na fala, e enevoa-lhe os olhos de lágrimas? O pobre homem está exausto de murmurar, num fio de voz: "Muito obrigado". Como se lhe fizessem favor em salientar a realidade da sua desgraça.

Professor Joaquim fuma, um cigarro atrás do outro, ele que não é dado a fumar. Entra gente, muita gente, apesar da chuva. O porta-chapéus, a um ângulo da parede, na sala de espera, onde se encontra Professor Joaquim, está cheio de guarda-chuvas e de capas. Lá se vê a capa surrada, fouveira, do Jacinto, um dos seus raros bons colegas de repartição, sempre enforcado, morrendo nas unhas dos agiotas, para andar roto, a barba por fazer, e a família passando necessidade. Professor Joaquim sofre. É mais fundo, mais vivo, o sulco horizontal das rugas que lhe traçam na testa uma pauta musical. Tem a cabeça baixa; tremem-lhe as mãos, cujos dedos nodosos se acham contraídos. Os olhos aflitos caem sobre os sapatos cambados e rotos. Maria Lúcia morreu.

Aparece-lhe um senhor grave e magro, de roupa escura e gestos medidos:

– Meus pêsames, caro Professor. Compreendo bem o golpe. Mas é assim mesmo. É a vida.

"É a vida." Já ouviu mais de uma vez essas palavras. Com isso é que ele não se conforma. Não, isso não é a vida. Quando sofria injustiças na escola, era castigado sem fazer por onde, ou via colegas vadios obterem notas melhores que as dele, tão estudioso, diziam-lhe os pais, para consolá-lo: "Não se incomode, meu filho. Deixe estar. É a vida". Preterido, várias vezes, no Tesouro, resignava-se: "É a vida." E, no entanto, nenhum funcionário mais dedicado e competente do que ele. Com a primeira vaga de chefe de seção, fora promovido o Nicolau, "por antiguidade". – "Antiguidade é posto." – ouvia sempre, entre os colegas. Anos depois, vago novamente o lugar, Professor Joaquim já tinha direito a promoção por antiguidade e merecimento. Foi aproveitado o Odilon, uma zebra: chaleirava o diretor como ninguém. E Professor Joaquim ia ficando à margem, embora todos o reconhecessem diligente e capaz. – "Coitado!" – diziam alguns. – "Não tem sorte o Professor. Um homem que já ensinou, gosta tanto de estudar e é tão esforçado! Mas o mundo é assim mesmo." – "É, faz pena! Uma capacidade! Mas isto é uma terra infeliz... Enfim... é a vida." E assim, sempre que um desgosto o feria, vinha-lhe como remédio: "É a vida". Faziam-lhe ingratidões; injuriavam-no; exploravam-no: "É a vida". E até quando fora suspenso, por mesquinha perseguição do diretor, convencera-se de que também aquilo era a vida. As humilhações, os prejuízos, as injustiças, as moléstias – tudo era a vida. Eram as dificuldades, os obstáculos que a vida nos cria, e que ela mesma nos ensina a transpor. Agora, não. Maria Lúcia morreu. Isto não é a vida. É uma desgraça que a vida não remedeia. A morte. Maria Lúcia morreu.

Lá vem chegando Dr. Paulo, velho amigo, que tira os óculos para enxugar lágrimas sinceras. Não fala. Aperta demoradamente ao peito o Professor.

– Sente-se, Dr. Paulo. Veja se há uma cadeira por aí. Desculpe. Está tudo em desordem...

– Oh! eu sei, Professor, eu compreendo...

Sim; Dr. Paulo, o velho amigo da casa, compreende bem: Maria Lúcia morreu. Vai falar com o pessoal da família – D. Marieta, Paulinho, Zira, tios e primos de Luci.

Vem lá de dentro um choro convulso. Chega o padre. Em redor do caixão, parentes e conhecidos miram a pequena morta. Nos grandes e belos olhos azuis entreabertos, uma estranha expressão de vida. Os cabelos louros, em cachos, emolduram esse rosto que a morte fez mais branco. O nariz, mais afilado ainda; e as covinhas do rosto têm quase a mesma graça de em vida. Cinge-lhe a cabeça uma grinalda de cravos brancos, e o corpo, magrinho de sofrer, mais longo no caixão, e envolto num vestido branco (Luci vai de Nossa Senhora de Lourdes), o corpo está coberto de cravos brancos. Zira limpa-lhe com algodão os lábios, donde sai espuma.

– Que linda! Que amor! – exclama alguém, olhando-a bem de perto.

– Tão engraçadinha, meu Deus! Nem parece que está morta.
– Ai, meu Deus, que rostinho! Esta era mesmo do céu.

O corpo de Maria Lúcia cheira como um jardim. A vida bóia-lhe nos grandes olhos azuis. Uma feição de imensa doçura no lívido rostinho seco, mais lívido sob a luz tremente dos círios, na sala meio escurecida com a chuva.

Cristo se acha ali para convencer a todos de que existe a alma, imortal. Professor Joaquim olha para o crucifixo. Pensa em Cristo, em Deus, na religião. Volve os olhos para o cadáver da filha. Existirá mesmo Deus? Desde criancinha lhe falavam de Deus como de um ser que preside aos destinos da humanidade inteira, uma força que sempre age sabiamente. Crer em Deus. Deus é bom e justo. E ele, o funcionário público tantas vezes preterido, o homem explorado, humilhado, caluniado, vencido, que nada conseguira na vida, Deus nem lhe dava direito à sua filha. Sua filha! Tinha outra, em verdade. E um filho, também. Porém Maria Lúcia era coisa diferente. Lembrava-se – ele tão dado a ler a Bíblia – das palavras de Jacó a respeito de José: "Sim, todos são meus filhos, mas nenhum é *o meu filho*". Poderia dizer o mesmo. Os outros eram *seus filhos,* mas nenhum era *a sua filha,* a sua Maria Lúcia, Luci, a caçula, que ele criara com tanto carinho, que embalara cantando as mais doces cantigas de acalanto – entre elas a do bicho-carrapatu; que carregara às costas, brincando de cavalinho; que levava ao jardim infantil, depois ao grupo escolar; e a quem contava, mais que aos outros, e com ternura mais viva, bonitas histórias de reis e príncipes, gigantes e fadas, pelos serões tranqüilos, na sala de jantar, enquanto D. Marieta cosicava meias ou fazia crochê. Ela era doida pela história do principezinho e do rei gigante.

Abraçava-se ao pai, de medo, refugiava-se nele, ao ouvi-lo descrever o gigante, "muito grande, uma coisa enorme, só vendo". – "Ele é assim da altura desta parede, papai?". – "Que esperança! Bote tamanho nisso. Da altura de um coqueiro." Os grandes olhos dilatavam-se de espanto: "Virgem Maria, papai! E ele pega a gente, pega?". – "Pega não. Ele só bole com menino mal-criado, desobediente, que responde aos pais." – "É mesmo." – intervinha D. Marieta, sempre tão calada. De manhãzinha, pelas cinco horas, ele ia acordá-la – já estava taluda, então, na casa dos seis – e trazia-a para o alpendre, contíguo à sala de jantar, onde, depois de, ajudado por ela, botar comida para o sabiá e o xexéu, fazia uma sabatina do que ela aprendera na escola no dia anterior. Em noites de tempestade, ao estalar o trovão, a menina vinha, trêmula de susto, agarrar-se com ele: "Papai! O trovão!". Como, no sótão, o luar entrava pelo quarto, Luci muitas vezes brincava "de pegar a lua".

Fora crescendo, crescendo, e aos onze anos, já terminado o curso primário, quando sonhava ser moça, viera-lhe aquela apendicite. Os médicos a princípio deram diagnósticos errados, e Maria Lúcia não apresentava melhora. Até que um deles acertou. Operada, tudo correu à feição nos primeiros dias. – "Tudo muito bem! Não há perigo!" – dissera o Dr. Lourenço. Mas logo sobrevieram complicações, que puseram a família em sobressalto por duas semanas. – "E a menina escapa, Dr. Lourenço?" – "É... Vamos tentar... Com o auxílio de Deus..."

Amanhecera alegre, muito alegre, rindo com as folhas. A febre cedera. Os médicos assistentes encheram-se de esperança. Dr. Lourenço quase ia dispensando o auxílio de Deus. Que alegria a dos pais e dos irmãos! Maria Lúcia sentia-se bem com a claridade que lhe invadia o quarto – oferta espontânea da vida. – "Como o quarto está claro! Que beleza! Vou ficar boa. Vou, que Deus quer." Fora, a manhã crescia, densa de luz e som; céu de um azul nítido, lavado; uma felicidade grande pela terra. Não era dia para ninguém morrer. Pelo menos assim pensava Maria Lúcia. E todos, em volta, sentiam chegar, com aquela transbordante claridade, aquele céu esplêndido, o rumor vindo da rua, alguma coisa que se oporia à morte, um protesto da vida contra a morte que rondava o corpo da doentinha. Maria Lúcia pôs-se a cantar, feliz, como se em si concentrasse toda a dispersa alegria do mundo:

> Seu condutor,
> dlim-dlim, seu condutor...

Riu para todos, riu, contente, enquanto o perfume das rosas no jardim ao lado era cada vez mais penetrantemente vivo, como se impregnado desse despotismo de vida que andava lá por fora, na manhã grávida de som e luz. Súbito, parou. Ligeira convulsão. Os lábios se agitaram: uma despedida aos pais e aos irmãozinhos, talvez; talvez outra cantiga. Não houve tempo. Já não era deste mundo quando lhe puseram a vela na mão. Ainda ria: e na tranquilidade extática dos grandes olhos azuis ficara refletido um pedaço daquele céu luminoso que falava, insistentemente, de vida.

O padre encomenda o corpo de Maria Lúcia. Impaciente, o homem da casa mortuária segura a tampa do caixão em que ela irá para o cemitério, com os cravos brancos rebentando-lhe do corpo, cheiroso como um jardim. A vida! Professor Joaquim aproxima-se da filhinha: quer vê-la pela última vez. Beija-a. Acaricia-lhe as mãozinhas cruzadas sobre o peito. Pela última vez. As lágrimas descem-lhe dos olhos. Um desespero surdo o abala. Quer gritar. Tem ímpetos de clamar contra a saída do corpo, pôr toda aquela gente fora de casa, e ficar com a sua filha, a sua Luci. Contém-se: inútil: Maria Lúcia está morta. Morta. E tantas meninas da sua idade ali na sala, vivas, bonitas, fortes, vendendo saúde! Morta. Quantos pais felizes, que não perdiam as filhas! Morta! E Professor Joaquim começou a sentir trabalhá-lo um ódio, sim, um ódio a esses pais, a essas meninas. Por que não morriam as filhas alheias? Se ele soubesse que muitas haviam morrido nesse dia... Quis repelir a idéia. Mas a idéia lhe ficou voluteando teimosa no cérebro. Abanou a cabeça, devagar, com um jeito de dolorosa resignação. Nem esse consolo – se consolo fosse... Nada.

– Meu amigo, tenha calma.

Dr. Paulo trouxe para uma cadeira o Professor, que enxugava os olhos e limpava os óculos, a mão trêmula, trêmula.

D. Marieta abraçou-se ao caixão, aos gritos:

– Não levem a minha filha! Luci! Luci! Fale, minha filhinha! Não deixo levarem você!

Zira, Paulinho, os tios tinham os olhos vermelhos. Outros, conhecidos, sofriam o contágio desse pranto. O homem da casa mortuária segurava a tampa do caixão, mal dissimulando a impaciência ante a demora de D. Marieta em despegar-se da filha. Só a muito custo – "Deixe disso, D. Marieta. A senhora é mãe, está direito, o golpe foi terrível, mas que se há de fazer? É a vontade de Deus. Tenha calma." – conseguiram afastar a mãe de Maria Lúcia.

Neutro, impassível, o padre terminara a cerimônia. Cessara a chuva, e repontava um sol brando. Da rua vinham pregões, esparsos, lembrar que a vida continuava: "Ta-pióóó-ca...". – "Olha a massa! Êh, pão da tarde!" Um caminhão passou, cheio de gente, com indivíduos tocando instrumentos desafinados, uma zabumba batendo, e cartazes enormes anunciando a estréia de um circo. A Professor Joaquim não seriam gratos esses rumores. Entrou, foi até a sala de jantar. Ao lado do guarda-comidas, a cadeirinha de assento bem alto – o "trono" – onde Luci, ainda pequenina, dos dois aos quatro anos, mais ou menos, sentava-se para as refeições em comum. Abriu a porta que dava para o alpendre, fechando-a sobre si. O sabiá, calado, parecia triste. O xexéu cantava, cantava. Não dera comida aos pássaros. O sabiá tão mudo! Maria Lúcia gostava tanto do sabiá!

Professor Joaquim torna à sala de espera. Senta-se, cabeça baixa, trêmulas as mãos de veias ressaltadas. Fitou os olhos num canto da parede, junto ao porta-chapéus. Formigas subiam, em quantidade, seguindo direções várias, para se encontrarem num dado ponto, donde novamente se dispersavam. Movimentação contínua, ininterrupta, de quem trabalha pela vida, confiante na vida. Paravam a espaços, cochichavam coisas, concertavam planos, talvez conversavam de amor, da beleza da tarde, da chuva que se fora – chuva, ameaça de inverno –, trocavam idéias, viviam, como sabem viver as formigas. Pobre Professor! As formigas viviam. Vi-vi-am. Aqueles seres minúsculos, que não resistem a um sopro mais forte, que a gente pode matar às centenas com uma leve pressão, aquelas coisinhas insignificantes, quase microscópicas, viviam, agitavam-se, ostentavam o seu poder, a sua capacidade de trabalho, o seu desejo e gosto da vida. E Luci, já crescida, um ser imenso, com uma energia, uma força de milhões de formigas – ali, morta, no caixão, cuja tampa o homem da casa mortuária agora pregava, com um martelar seco.

* * *

Quando o caixão baixou à sepultura, a cabeça de Professor Joaquim desgovernou-se, ele esteve a cair. Dr. Paulo amparou-o, procurou consolá-lo mais uma vez. Soluços profundos sufocavam-no. Quase não ouvia o ruído da colher do pedreiro a bater nos tijolos, fixando-os à argamassa para emurar o corpo de Maria Lúcia, afastá-lo definitivamente do mundo. A maioria dos presentes, formando grupos, contavam histórias, baixinho, falavam de coisas da vida; alguns riam, até, riso velado. A tarde vinha descendo, bonita demais para a tristeza de Professor Joaquim, bonita demais para a melancolia do cemitério, onde Maria Lúcia ficaria descansando para sempre, vestida de Nossa Senhora de Lourdes, a grinalda de cravos brancos a coroar-lhe a cabecinha loura, todo um jardim de cravos brancos rebentando-lhe do corpo em flor.

Estremeciam ao vento leve de fim de tarde umas poucas roseiras, ornamento de sepultura próxima. Uma estrela surgiu: a papa-ceia. "Acorda, preguiçoso..."

1939

O CHAPÉU DE MEU PAI

A Arnon de Melo

A lívida luz dos círios é agora mais triste, à claridade da manhã nascente que vai aos poucos invadindo a sala. Da cadeira onde me acho sentado, na saleta de espera, vejo as mãos de meu Pai cruzadas sobre o peito. O ventre, timpanoso, sobreleva as bordas do caixão. Vem lá de dentro um choro abafado. Alguns dormem, exaustos: ligeira trégua ao sofrimento. Ardem-me os olhos, da noite sem sono e do muito que chorei. Tenho a cabeça reclinada ao encosto da poltrona, numa postura de aparente sossego, e chego por momentos a enganar-me, a pensar que estou sereno. Na janela que daqui avisto, a cortina preta drapeja manso, agitada pelo brando vento do amanhecer. Do porta-chapéus, a um canto da parede, pende um chapéu, como coisa abandonada. É o chapéu de meu Pai. É um pedaço daquele que se encontra ali perto estendido, morto, as largas mãos cruzadas sobre o peito, e o rosto, em vida tão vermelho, agora de uma brancura macilenta. É alguma coisa dele, que a morte não destruiu.

Meus olhos se cravam no chapéu. Está no cabide tal como meu Pai o usava – quebrado para a frente –, o chapéu marrom, comum, de abas debruadas, o chapéu de meu Pai. Por menos que deseje pensar nisto, meu Pai começa a emergir, vivo, bulindo, desse chapéu, que era seu. Vendo de lado o chapéu, estou a ver o dono de perfil, o nariz breve e saliente, o rosto sanguíneo, um tanto cavado nos últimos tempos, a costeleta curta, uma parte do bigode, ruivo e ralo, de que ele nunca abriu mão.

O chapéu acompanha meu Pai nos seus movimentos, sombreando-lhe um tanto a face. Está no seu verdadeiro lugar, a cabeça de meu Pai. Sim, está. Lá vem o velho chegando para casa, nos fins de tarde, cansado, já doente. Lá vem. É ele: o chapéu marrom, comum, desabado na frente, aquele jeito de andar, meio curvado, lento, da velhice. Chega. Empurra um lado da veneziana, puxa o ferrolho, entra. Põe o chapéu no cabide, ali mesmo onde o vejo agora, bem junto do espelho do móvel. Algumas vezes, olha-se ao espelho, cofia rápido o bigode, e vai entrando. Na sala de jantar senta-se e com minha Mãe começa a falar das eternas coisas do dia-a-dia. Mamãe conta dos incidentes domésticos: falta de água, o leite que talhou, aborrecimentos com a empregada, "uma grandessíssima respondona". Meu Pai se queixa dos negócios, que vão de mal a pior – "uma crise pavorosa, o comércio um paradeiro medonho, e o governo é impostos e mais impostos, um fim de mundo". Mamãe é mais calma: "Ora, homem! Vamos vivendo. Os meninos trabalham, vão ajudando. Já estamos velhos. Paciência". Ele dirá que trabalhou a vida toda, e era para ter uma velhice descansada.

O chapéu fica sozinho, até o dia seguinte, pois geralmente meu Pai não sai de casa à noite de uns tempos para cá. A gente olha o porta-chapéus e adquire a certeza de que o dono da casa não saiu. Não é só porque vê o chapéu: é porque vê a pessoa. Se nos descuidarmos, diremos, apontando o chapéu: "Olhe Seu Manuel ali".

Pela manhã – assim, de dia – o chapéu é posto com o maior cuidado. Meu Pai se mira demoradamente ao espelho. Está bem barbeado. Faz a barba em casa, à navalha – nada de gilete. O rosto passa. Algum tanto chupado, uns pés-de-galinha perto dos olhos (procura estirar a pele com os dedos), o par de rugas muito fundas descendo-lhe das abas do nariz ao canto dos lábios... Mas passa. O diabo é a falta dos dentes. Breve mandará fazer uma chapa dupla. Tolice: não irá andar rindo com as folhas. Demais, a expressão da fisionomia é relativamente boa. Corado, os cabelos em ondas, louros, raros fios brancos, apesar dos seus bons sessenta anos, e os olhos azuis, dum azul-claro, herdados do avô português. Não é careca: só isto!... E os óculos de aros de ouro são vistosos. – "Manuel!" Responde meio aborrecido: "Que é?" Estava dando um jeito melhor ao quebrar do chapéu. – "Sim, eu trago, não se incomode, não." Ótimo assim.

Vai saindo. Agora o chapéu anda na mão, um pouco acima da cabeça: "Bom dia, D. Hortênsia". A vizinha desmancha-se num sorriso. (Mamãe não gosta nada desses sorrisos da vizinha.) De onde em onde o chapéu sai por alguns segundos da cabeça de meu Pai, muito relacionado nesta rua. Por vezes o cumprimento é menos solene – apenas um toque de dedos na aba. E rua fora lá vai o chapéu, integrado em meu Pai – órgão do seu corpo, complemento essencial da sua cabeça, do seu todo.

Chegando à casa comercial, se não encontrar tudo em ordem, é possível que o chapéu venha a perder, por momentos, o ar composto, a dignidade habitual. Talvez meu Pai, zangado, tirando-o, bata com ele no balcão, como quem dá murros. Mas a raiva passará depressa, e meu Pai começará a compor o chapéu, a ajeitá-lo, a reimprimir-lhe a feição própria. Desamassa-o, sulca-o no centro da copa com as pontas dos dedos da mão espalmada, e, com o polegar e o indicador, concava-o lateralmente. Pronto.

Mais tarde, à hora do almoço, como está fechado o comércio, há pouca gente pela rua e meu Pai tem fome, botará o chapéu à vontade, e caminhará menos lento que de costume. Entrará em casa suado, nos dias quentes, enxugando o rosto com o lenço: "Diabo! Isto é um calor insuportável. Não há quem agüente..." Tomará seu banho antes de almoçar, e falará, como sempre, da crise pavorosa.

O pãozeiro deixa na porta a mochila, suspensa de um ferrolho. Vão surgindo os primeiros transeuntes – a gente humilde, que principia a trabalhar cedinho, quando os galos ainda cantam, para ganhar a vida e garantir a tranqüilidade dos mais felizes. Alguém chora lá dentro, choro convulso: é minha irmã.

Pendente do gancho, ali, abandonadamente inútil, o chapéu me recorda um despojo de guerreiro vencido. Serve-me de ponto de referência para a reconstituição, sem ordem cronológica, de um passado inteiro. O pranto me devolve à realidade do momento, e agora o chapéu me oferece de meu Pai uma imagem muito próxima – a do velho tirando-o quando entrava na casa de saúde, para nunca mais o usar. Estava pálido, então. O chapéu, acompanhando-o inseparável. O doente torcia-se a gemer; dilaceravam-no dores agudas: e de repente o chapéu saía do lugar e ia para a cabeça de meu Pai, que andava, a passeio ou a negócio, tirando-o para cumprimentar alguém, ao passar diante de uma igreja, ou cortejo fúnebre, ou por outro motivo. E, ao trazer do hospital o chapéu – há coisa de cinco ou seis horas –, parecia-me trazer comigo um pouco (digo mal), uma parte essencial de meu Pai, que ficara no leito de morte, até ser conduzido num carro para casa, onde se acha, ali na sala, no caixão, com o rosto lívido, o ventre inchado, as mãos em cruz sobre o peito.

As velas ardem. Estão já no fim. A cera escorre em gotas pelo fuste e acumula-se ao pé dos castiçais. À cabeceira do morto, o crucifixo – um Cristo de metal por cuja presença consoladora Seu Sampaio da casa mortuária cobra caro, acrescentando não se tratar de aluguel, que "santo não se vende nem se aluga".

Cristo é filho de Deus, explicava meu Pai, ao falar-me do mistério da Santíssima Trindade, que eu não havia jeito de compreender bem. Meu Pai acreditava em Deus, na religião. Só não ia lá muito com os padres, tanto que, sabendo que morreria, não pediu confessor. E, católico, não participava do horror de alguns aos protestantes – os "freis-bodes", como dizia minha avó – e gostava de, uma vez ou outra, ir às suas sessões de espiritismo. Contudo, esse ecletismo religioso não excluía uma crença poderosa, entranhada, que não o desamparou nem nos derradeiros momentos: a crença em Deus. Ao fazer um plano, ao sacar sobre o futuro, invariavelmente Deus entrava em cena, como força de que dependesse a concretização daquele desejo: "Este ano as coisas estiveram muito ruins. Uma crise pavorosa. Mas o ano vindouro, se os negócios melhorarem, com os poderes de Deus, eu...". Se estava de chapéu, tirava-o na certa, erguia-o por um instante, muito respeitoso, ao dizer – "com os poderes de Deus". "Eu tenho fé em Deus", "Deus há de me ajudar", "Deus é pai" – estas frases não lhe saíam da boca sem lhe sair da cabeça o chapéu.

Volto-me para um retrato dele rapaz. Já muito desbotado, quase não deixa divisar os traços fisionômicos de meu Pai nessa época. Devia ser por volta dos começos da República. Morava ele, então, em Tatuamunha, sua terrinha natal. Falava dos pastoris do seu tempo – bom tempo! –, da graça de algumas pastoras, do encanto das jornadas que cantavam, e das paixões que acendiam nele e noutros jovens do seu grupo. Imagino o entusiasmo de meu Pai, moço, ardente, romântico, até meio chegado à poesia, pela beleza de uma daquelas matutas. As pastoras – cordão azul e cordão encarnado – surgiam alegres, agitando os pandeiros:

> Belas companheiras,
> vamos a Belém
> ver quem é nascido
> para o nosso bem.

Vinham outros números. O Pastor sempre a arrastar o seu cajado. Chegava o Fúria:

> Olha, pastora, eu venho falar-te.
> Queres ser minha? Eu posso levar-te.

As jornadas sucediam-se. Começavam a dividir-se os grupos; apareciam os exaltados. Meu Pai seria pelo cordão azul. Discussões. A Contramestra, maravilhosa. Sabia requebrar-se com tanta graça, cantava tão bem, e dirigia a meu Pai um olhar tão temperado, tão intencional, que ele sentia bulir-lhe no sangue a sensualidade lusitana, o coração pular-lhe no peito. – "Bravo da Contramestra!" – "A Mestra em cena!" Digladiavam-se os partidos. Haveria presentes, muitos presentes. Um arrebatado chamava a Mestra com todo o cordão. Novas jornadas. A Diana:

> Sou a Diana, não tenho partido,
> o meu partido é os dois cordão.
> Eu bato palmas, ofereço flores;
> digam, meus senhores, vossa opi-nião-ão-ão...

Havia uma curiosa espécie de torcedores: os que pediam a presença da Diana por um dos lados: "A Diana em cena pelo lado azul!". "A Diana em cena pelo lado encarnado!" Tinha a Diana, assim, boa renda de sua neutralidade: recebia vivas e presentes dos partidários das duas cores. Ia correndo o tempo, e talvez os torcedores bebessem um pouco. Sempre a subir-lhes o entusiasmo, a certa hora se viam apaixonados que jogavam chapéus para o ar, depois ao tablado: "Pise aí a Mestra!". Repetiam-se os aplausos: "Bonito!" – "Bravo do cordão azul!" A Contramestra vinha oferecer um cravo a meu Pai:

> Seu Manuel,
> me faça um favor:
> por sua bondade
> receba esta flor.
>
> Eu não venho dar,
> venho oferecer:
> Seu Manuel,
> queira receber.

Todo pachola, meu Pai subia ao palco, punha a flor na botoeira e uma pelega estalante no peito da Contramestra. Embaixo, os correligionários deliravam em aplausos.

Meu Pai descia, feliz da vida. Naturalmente, lá pela madrugada, à pressão de um entusiasmo mais forte, o seu chapéu voaria, iria ter ao tablado, para que o pisasse a Contramestra.

Como seria o seu chapéu desse tempo? Preto, grave, solene, de abas viradas para cima? Usaria ele chapéu de palha? Não importa. Para mim o chapéu ali suspenso do cabide é o chapéu que meu Pai sempre usou. É o chapéu de meu Pai. Lá vai pelo ar o chapéu, cai no palco, onde as pastoras cantam uma jornada linda. Candeias de querosene, atadas a postes raquíticos de madeira, iluminam o tablado, e o largo todo, em frente à igreja de S. Gonçalo. (Como eram plangentes as vozes, na igreja, pelas novenas: "S. Gonçalo de Amarante, glorioso padroeiro..."! Vozes femininas, quentes de fé, que pediam felicidade ao santo seu patrono: boa sorte para os maridos nas pescas; boa produção dos roçados, que as formigas invadiam; bom casamento para as meninas; a cura da maleita dos meninos; tranqüilidade e fartura para os lares humildes, tantos deles perdidos dentro do coqueiral que ensombrava quase por inteiro o povoado.) Também se vêem, acesos ao pé dos tabuleiros de bolos, brandões de carrapato – sementes de mamona enfiadas em talos compridos. A multidão comprime-se. Vai animada a festa.

O leilão tem muitos licitantes. Grita o pregoeiro, alto e pausado, depois de pedir que "batizem" o objeto:

– Mil-réis me dão por uma melancia que deram ao milagroso S. Gonçalo...

Alguém oferece mais:

– Mil e quinhentos.

– Mil e quinhentos me dão...

– Dois mil-réis.

Todos desejam possuir a melancia do santo. Em pouco ela está valendo cinco mil-réis. Rompem as pilhérias:

— Seis mil-réis para o Silva não ver.
O leiloeiro:
— Seis mil-réis...
— Seis e quinhentos para o Chico não cheirar...
Até que, já não havendo quem dê mais, o leiloeiro faz a afronta, num português castigado:
— Afronta faço que mais não acho; se mais achara, mais tomara. Dou-lhe uma, dou-lhe duas, dou-lhe três: já entreguei, está entregue.

A chegança, por outro lado, está dando a nota. No topo de um mastro da embarcação, o gajeiro procura ver, cumprindo ordem, se avista "terras de Espanha e areias de Portugal". Canta: na sua voz, fanhosamente arrastada, como na de todo o pessoal da Catarineta, há uma tinta de melancolia.

Indiferente ao leilão, alheio à chegança, meu Pai vibra com o pastoril. Limpará o chapéu, empoeirado, amarrotado, enquanto as pastorinhas maravilham a assistência com as suas jornadas e os partidários suam de exaltação.

Pipocam foguetes nos ares. O chapéu de meu Pai sobe e desce, anda para um e outro lado, defendendo-o das tabocas.

Passaram-se alguns anos. Meu Pai faz serenata — o luar é claro que parece dia — perto da casa onde Mamãe veraneia, com os seus, fugindo à vida monótona do engenho. O namoro está pegado. Dias antes ele passou pela porta da amada com uma acácia na lapela (significa — "sonhei contigo"), e a moça deu-lhe um sorriso que o deixou tonto. Um tio de Mamãe, apaixonado por ela, faz concorrência a meu Pai. Este põe na voz toda a atávica saudade lusitana, e canta, pensando na amada, com o chapéu abandonadamente derreado para a nuca:

Ó palidez imácula, bendita,
a palidez serena do teu rosto,
que me tem sido tanta vez maldita
e tem sido na vida o meu desgosto!

A voz é grave até o *tem sido*, para subir muito no *tanta vez*, ainda mais no *maldita*, bem prolongado, e em seguida baixar, depois de uma volta bonita, em que meu Pai dá tudo que tem o coração, tirando, talvez, o sono à namorada.

Qual foi o seu primeiro cuidado ao saltar em Maceió, pouco antes de noivar? Comprar o *Dicionário das folhas, flores, frutos e raízes,* para poder dizer ao seu amor, a quem nunca falara, aquilo que os olhos e as mãos não bastavam a exprimir. Imagino o acanhamento do matuto ao entrar na livraria, de chapéu na mão, amassando-lhe a aba, meio sem jeito para pedir o livro, como se estivesse expondo a estranhos a pureza do seu sentimento.

Um dia – o pedido já foi feito – aparecerá no engenho, o Boa Esperança, muito ancho no seu cavalo castanho, em visita à noiva. Apeia, tira o chapéu, cumprimenta a noiva e a futura sogra, respeitoso. Conversam algum tempo na sala de visitas, grande, paredes cheias de retratos, enquanto Maria Araquã, ex-escrava, acende o belga. Depois, passarão à sala de jantar. Senta-se à mesa comprida, patriarcal, à direita de minha avó, logo junto da cabeceira (que D. Luísa faz questão de ocupar), tendo a amada em frente. Os futuros cunhados, para ele, é como se não existissem. Muito cheio de si, os louros cabelos ondeados com uma liberdade ao lado esquerdo, o bigode pedindo-lhe sempre o afago das mãos. Capricha no pegar do talher; come pouco, e, como D. Luísa insiste – "O senhor não está gostando..." –, afirma que tudo é ótimo, mas recusa, com um sorriso civilizado. Após o jantar, minha avó manda retirar a toalha da mesa e meu Pai começa a leitura de um romance de Escrich, de que ele e a futura sogra gostam muito. Volta e meia os seus olhos procuram os olhos da noiva, que a timidez mantém sempre descidos. Lê bem: a voz pausada, com as inflexões características da fala de cada um dos personagens, moldadas segundo as circunstâncias em que as palavras são ditas. O diálogo sai animado, vivo: dá gosto ouvir.

No outro dia, pela manhã, despede-se de todos, no alpendre, e sai no seu cavalo, galopando, para voltar-se na curva da estrada e acenar com o chapéu feito lenço.

Como vem altivo, petulante, o chapéu de meu Pai, no dia do casamento! O cavaleiro todo de escuro, as boas botinas *Bostock*, a camisa branca, de punhos, peito e colarinho duros, lustrosos, o chapéu preto de copa alta e abas viradas... Seria assim mesmo? Com que elegância o tira ao entrar, para os primeiros cumprimentos! Daí a pouco, emocionado, dá para sentir calor, um calor fora do comum, e o chapéu serve-lhe de leque.

O sol aparece. É mais intenso o movimento na rua. Transeuntes entreparam à porta, olhando o caixão. A empregada entra e, surpreendida e triste, põe-se a chorar. Lá para dentro cuidam do café. Os rumores vão enchendo a casa. Minha Mãe soluça alto. Chama por mim. Ao levantar-me, olho para o corpo hirto, rígido, lívido, macerado, as mãos cruzadas sobre o ventre intumescido. Meu Pai veste um fraque antigo, muito antigo – de quando? Nem sei. O enterro será às dez horas. As negras cortinas tremulam ao vento, que, agora mais forte, invade a casa, faz dançar, indecisa, a luz agonizante dos círios. Caminhando ao encontro de Mamãe, vejo no porta-chapéus, bem junto do espelho, o chapéu de meu Pai, que, ao sopro do vento, oscila, oscila – abandonado, triste, esquecido –, como se estivesse acenando, chamando por alguém...

1939

MOLAMBO

A Freitas Cavalcanti

Chegou a casa muito tarde, como todas as noites. Como todas noites, jurou a si mesmo que nunca mais aconteceria aquilo. Não se deixaria mais vencer pelos amigos, que o retinham na rua às vezes até as três da madrugada. Não: saberia resistir. E procurava convencer-se de que tinha energia, força de vontade para fazer o que bem quisesse. Não era uma autômato, um sem-vontade, um molambo... Molambo! Sim, um molambo, um trapo, uma coisa inconsistente, podre, que se desmancha ao mínimo esforço. Sentiu indignação ante essa idéia. Paulo dissera-lhe: "Você é um homem fraco... Os tais amigos fazem de você o que bem entendem. Os amigos e o vício". E agora, recordando estas palavras, que ouvira sem protesto, viera-lhe a idéia de molambo. Sujeito fraco, sem vontade, sem resistência... Um molambo! Olhou para o lenço que lhe pendia do bolso do paletó, quase a cair, sujo, cheirando a álcool, e roto. Levou-o de encontro à luz, seguro pelas pontas, e, aproximando bem os olhos, pôs-se a tentar distinguir os fios, muito estreitamente ligados, confundindo-se na trama finíssima. A lâmpada, muito forte, sem abajur, doía-lhe na vista; mas prosseguiu no exame. Alguns daqueles fios se foram

esgarçando, pouco a pouco, e lá um belo dia, a um contato mais áspero dos dedos da lavadeira, ou dos seus próprios dedos, apareceu um rasgão. Deixara assim: desleixo. Poderia ter mandado alguém cerzir. Não custava nada. Morava sozinho, mas, que diabo!, nunca falta a um homem quem lhe dê alguns pontos num lenço. Poderia, até, ter feito o serviço, embora não ficasse bom. Mas descuidara-se, como se descuidava de outras coisas de maior importância. E a rasgadela progredira, como fio de água que não encontra obstáculo à sua marcha. Depois, de novos trechos puídos surgiram novos rasgões, aqui, ali, acolá, pequeninos a princípio, quase imperceptíveis, mas que depois se foram dilatando, tomando vulto... E a falta de mãos cuidadosas, dessas mãos que cosicam lenços e meias velhas e afagam cabeças cansadas da luta, reduziu, por fim, o pedaço de pano a um trapo. Pensou em molambo, mas corrigiu de pronto: "Trapo". Ouviu com surpresa a própria voz: "Trapo". Molambo: já era a palavra em si que o horrorizava. Molambo. Trapo ainda tinha certa dignidade. O termo era rápido, incisivo. Onomatopéico, com o grupo consonantal forte no começo: *trapo*. Sente-se alguma coisa a romper-se, mas a custo, como a fazenda que ele, Antônio, rasga, na loja, depois de cortá-la em uma das extremidades. Molambo, não: é coisa que se rasga à toa, que se desfaz quase por si, frágil, imunda... Infinitamente pior que trapo, pior que tudo. Segurou as margens de um dos rasgões, e delicadamente, com o jeito de quem esprime tumor, começou a abri-lo um pouco mais. Ardiam-lhe os olhos. Aborreceu-se. Mania idiota. Estaria bêbedo? Não: perfeitamente lúcido. Bebera muito pouco, nessa noite. E fora a última vez. A última.
– "Eu só faço o que quero." Repetiu-o diversas vezes, num grande esforço de auto-sugestão. Não era molambo, não era. Lá vinha a idéia teimosa. Jogou o lenço ao

chão, com desprezo. Não pensaria naquilo. Pronto. Aproximou-se da mesa onde escrevia. Um poder de livros e papéis, em desordem. Em frente, um espelhinho para barbear-se. Procurou ler, manuseou vários volumes: o tédio não lhe permitia vencer duas páginas. Evitou mirar-se ao espelho. Vergonha de si mesmo. Porém não resistiu. Os olhos encarniçados. E que expressão de cansaço na fisionomia! Olheiras fundas, as rugas sulcando-lhe mais vivamente o terroso do rosto. Desejava fugir à revelação amarga; mas o espelho prendia-o, retinha-o, como se a consciência, mais forte do que ele, o quisesse submeter à provação. – "A tua vida anda errada, Antônio. Muda de rumo. Ainda estás muito moço. Se continuas assim... Mulheres, há muitas. Procura outra..." Mudar de rumo. O outro Antônio, o seu sósia, tinha razão. Vinte e cinco anos. Ainda era tempo. Depois, poderia ser tarde. Outra mulher. Beber por causa de mulher... Idiotice. Veio-lhe à memória o samba: "Se é por causa de mulher, é bom parar...". Sim, nenhuma delas sabe amar. E por que sofre ele? Sofre, e no álcool procura solução ao sofrimento. Em vão. Abandonou os estudos noturnos. Quase não abre um livro. Ótimo empregado a princípio, hoje está ameaçado de perder o lugar. Já por várias vezes o patrão – seu amigo – lhe fez observações bem sérias. Na última, chegou a dizer-lhe: "O senhor sabe: sempre lhe tivemos toda a consideração, mas esse estado de coisas não pode continuar". "Sempre lhe tivemos toda a consideração." Seu Oliveira falava em nome de Oliveira, Cabral & Cia. "Esse estado de coisas não pode continuar." Ninguém o sabia melhor do que Antônio. Chegava tarde para o trabalho, ressacado, indisposto. Às vezes faltava. E a fama corria. Fincou os cotovelos na mesa, meteu a cabeça entre as mãos. Não beberia mais. Era forte. Agora o tique-taque do relógio de parede – lembrança de seus pais mortos – batia-lhe cruamente ao ouvido, um duro martelar, ritmado e irritante. Tique-taque, tique-taque, tique-taque... Uma e quarenta da manhã. Tique-taque, tique-taque... E assim o tempo voa. Vinte e cinco anos. E a sua infância parecia tão próxima! Na casa dos dez, roupa de gola de marujo, os cachos louros caindo-lhe sobre a testa, os cachos que a mamãe penteava, antes de ele seguir para a escola, o beijo materno, e a recomendação e a esperança no futuro: "Dê as suas lições direitinho, porte-se bem, ouviu, meu santo? Quero ver você um grande homem". Ah! pobre mãe! Grande homem... Tique-taque, tique-taque... Deu consigo a cantar mentalmente um trecho do samba, acompanhando a lenta monotonia da marcha do pêndulo: "Se é – por causa – de mulher – é bom parar...". A letra era um conselho: "é bom parar". Se estivesse na sua vontade! Se a gente pudesse fazer tudo quanto é bom... Depois, um conselho fraco, sem convicção, conselho talvez de quem não encontrara cura para o próprio mal. "... porque – nenhuma de-las sa-be amar". Tique-taque, tique-taque, tique-taque... Nenhuma sabe amar. E um Antônio solitário, sem pais, sem irmãos, ficaria sempre assim, sem o amor de Mariana, sem o amor de nenhuma outra. Vida vazia, oca, sem sentido. "É bom parar." É bom... Está certo: pararia. "Eu só faço o que quero." Falou tão alto que se espantou com o som da própria voz povoando a casa fechada e deserta. Depois ficou a repetir baixinho as palavras, até que o tique-taque do relógio entrou a musicá-las: "Eu só faço o que quero". Obsessão. Levantou-se, pôs-se a andar à toa, a passos largos, pisando forte, tossindo alto, como se quisesse avivar a consciência de si mesmo, que parecia ir-lhe fugindo, aos poucos, como o pulso de um moribundo. Havia um quê de troça no pendular incessante do relógio. Quis parar a pêndula. Que lhe importava o tempo? Não, o tempo lhe importava muito. – "Tens o emprego às sete e meia. Precisas acordar bem cedo". Trabalhar. Trabalhar para viver. Trabalhar e beber – realidades para ele inconciliáveis. Devia decidir-se. "Esse estado de coisas não pode continuar." Não pode. "Seu Antônio, está aqui o seu ordenado. Resolvemos pagar-lhe o mês todo. Sentimos muito, mas o culpado foi o senhor. Fizemos o possível..." Tomaria o paletó, sem palavra, cabeça baixa, engolindo soluços, o vulto abatido esgueirando-se entre o riso de escárnio de alguns e o olhar compassivo de outros... Molambo! Voltava-lhe a desgraçada idéia. Seus passos já eram mais vagarosos; meditativos. De repente, parou, para ler, atrás da porta, uma legenda em tira estreita de papel almaço: "Ó Maria concebida sem pecados, rogai a Deus por nós, que recorremos a vós". Antigo inquilino teria pregado ali aquele papel. Se fosse crente, faria seu o apelo, pegar-se-ia com Deus, e Nossa Senhora, e os santos todos, a fim de que o libertassem do vício. Mas não sabia o que era crer. E procurou mudar de pensamento, com receio de fraquear e, desesperado, apelar para Nossa Senhora. Temia que a desgraça o convertesse. Um resto de orgulho afastava-o desse caminho. Seria ridículo. Agora, que andava mais devagar, o silêncio da meditação deu novamente relevo ao tique-taque do relógio. Essa música eterna, monótona como a eternidade, martelava-lhe mais uma vez o cérebro, com desvairadora insistência, e crispava-lhe dolorosamente os nervos gastos. E o samba emergia-lhe à memória, e arrasava-lhe a sensibilidade, naquele conselho vago, frouxo, dado em música, música lânguida, molenga, que aniquilava toda a resistência, quebrava todos os ímpetos da vontade. Era a música dos morros amorosos e tristes, carregada da melancolia dos sonhos desfeitos, dos desejos incontentados, das paixões sem esperança; era a angústia da miséria econômica, a solidão e o desconforto espiritualizando-se na dolência do canto. "Por que bebes tanto assim, rapaz? Chega, já é demais..." A frase musical acelerava-se, para espreguiçar-se depois, cansada, trêmula, sincopada como um soluço. E esse canto, apenas imaginado, invadia-o, tomava-o de tristeza, uma tristeza que por instantes lhe parecia o remédio melhor para o seu mal. Não, esse canto não era um conselho; era um convite ao vício. O tique-taque atraiu-lhe a vista para o relógio: quase duas e meia. Teria de acordar cedo. Precisava dormir. Abriu a janela. O céu, pesado de estrelas. A princípio, um silêncio espesso, total. Depois, o ouvido, aguçando-se, como olhos que se vão a pouco e pouco afazendo à treva, distinguiu um rumor que parecia vir de longe, da praia distante. Era o marulhar das ondas varando a noite, chegando-lhe como uma queixa. Fechou a janela, deitou-se. O sono demorou-lhe a vir: fervilhavam-lhe no cérebro pensamentos os mais encontrados. Adormeceu lá pelas quatro horas, exausto, e só a muito custo se levantou às seis e meia.

À hora de sair da loja, o patrão chamou-o à parte e falou-lhe de modo bem menos atencioso que o habitual:

– Sabemos que o senhor continua no mesmo caminho. Em cidade pequena tudo se sabe. Resolvemos adverti-lo pela última vez: se não mudar de rumo, teremos que dispensar os seus serviços.

Não disse nada, nada tinha que dizer. Fez um gesto de cabeça para a impassibilidade do chefe, e foi andando, devagar. Nunca mais tocaria em álcool; não iria mais à rua de noite, a não ser para os estudos. Sim, porque voltaria a estudar. Nova vida.

Como de hábito, saiu a jantar, pelas oito horas, a uma pensão próxima. Tornou logo depois, com espanto de D. Hosana, que usava dar com ele todas as noites dois largos dedos de prosa:

– Que é isso, Seu Antônio? Tão depressa? Anda de amores novos?

Pôs-se a folhear os seus esquecidos livros, sem conseguir fixar a atenção em nenhum deles. Revistas, então, coisas leves... Nisso levou cerca de meia hora, com pequenos intervalos. De súbito, qualquer coisa lhe fez lembrar as palavras do patrão. A última advertência. Nunca mais se meteria com os maus amigos. Nunca mais haveria de beber. Sufocaria o sentimentalismo besta que o devorava. Seria um forte. Nada de pieguices. Mariana era uma mulher como qualquer outra. Mulherzinha vulgar: baixa, morena; nem era o seu tipo. E ele era um forte. Tomou um romance, começou a ler. Ao virar a segunda página, uma vitrola vizinha o chamou à realidade que se empenhava em esquecer. Era o samba, o convite ao vício. Desorientava-se. Fechou as janelas: a música macia, morna e triste esgueirava-se pelas frestas, e vinha-lhe até os ouvidos, nítida, convidando com o conselho da letra:

> Se é por causa de mulher, é bom parar,
> porque nenhuma delas sabe amar.

Precisava fugir, para não ser esmagado. Sairia vagando pelas ruas, à toa. Voltaria cedo. Cedo, sim. Não iria ao café – ah, isso nem por sonho. Seguiu, entrou numa rua transversal, arborizada de oitizeiros, que cruzava com a Rua do Comércio, onde ficava o botequim. Os oitizeiros ramalhavam ao sopro de um vento manso. Crianças apedrejavam os oitis maduros. Iria por ali, até o fim da rua, entrando na do Sol, e andando, até dez horas, no máximo. Ao aproximar-se da esquina do Comércio, Antônio percebeu um movimento incomum. Um pobre homem, disseram-lhe, que vinha embriagado, e caíra, rebentando a cabeça no meio-fio e perdendo os sentidos. Afluía muita gente ao local, perto do botequim.

Quis continuar o caminho, em frente. Nada de avizinhar-se dali. Um homem embriagado! Não iria. NÃO IRIA! NÃO IRIA! Parou um pouco. NÃO IRIA! Não iria. Não iria... por quê? Que mal faria? Bom que visse de perto o exemplo. Devia ver, olhar bem, para que se lhe gravasse melhor o horror do vício. Não, preferível não ir. Bem: a sorte decidiria. Se fossem mais de 9 e 40, iria. Consultou o relógio: 9 e 40 em ponto. Mirou o ponteiro dos segundos: faltava um segundo, ainda... Não, naturalmente não estava enxergando bem. Pouca luz. Aproximou-se de uma lâmpada, tornou a mirar: passavam três segundos de 9 e 40. Isto mesmo. Iria. Ou não deveria ir? Mas o corpo já se voltava em direitura ao lugar do ajuntamento, a perna esquerda avançara. Não sabia como. Uma força estranha parece que o guiava – decerto para o seu bem, para curá-lo do vício, com o espetáculo das conseqüências dele. Iria. Deveria ir. O carro da assistência vinha chegando: Antônio não pôde ver bem o homem, conduzido à ambulância por diversas pessoas. Apenas entreviu uma testa rugosa inteiramente ensangüentada, sangue a escorrer por uma crescida barba grisalha. A multidão foi-se aos poucos dispersando. Resolveu mudar de itinerário. Seguiria pela Rua do Comércio, até à Praça dos Martírios. Descansaria algum tempo em um dos bancos. Ao passar pelo café, lembrou-se de comprar cigarros. Não deveria entrar ali. Mas ia comprar cigarros, nada mais. Então a gente não pode comprar cigarros? O proprietário cumprimentou-o, risonho:

– Sim, senhor, veio cedo hoje, hem? Os companheiros devem andar pela festa. É a mania dessa gente.

Antônio estava esquecido: começava nesse dia – um sábado – a festa de S. Benedito. Não iria lá. Nada de avistar-se com os amigos.

– Vim, mas não demoro – respondeu seco. – Vou para casa.
– Já?
– Deixei de beber.
– Homem, que está me dizendo! Pois uma pingazinha não faz mal a ninguém. A questão é não sair da conta...
– É, mas eu não bebo mais. Nem muito, nem pouco.
– Bem, cada um é senhor do seu nariz e eu não quero mandar na vontade dos outros. Mas se o senhor conhecesse uma aguardente que eu recebi agora...
– Muito obrigado; não quero conhecer, não...
Disse a titubear, um frouxo de riso desfazendo-lhe o propósito de firmeza.
O outro riu ironia pelos olhos astutos e, tirando uma garrafa da prateleira, encheu um cálice:
– Pois se o senhor quisesse experimentar... Não lhe custa nada.
Sentiu gelar-se-lhe o sangue. Enfiou as mãos nos bolsos. Vinha-lhe água à boca. E os olhos estavam cravados no copinho, que o homem segurava, satisfeito da vitória fácil sobre aquela resistência de cera. Quis retirar do bolso a mão direita, que tremia, os dedos contraídos, agarrados... Como demorasse um pouco a decidir-se, o dono da casa falou, num jeito de falsa humildade:
– O senhor desculpe a minha chateação...
E ia-se voltando, quando a mão de Antônio saiu do bolso, ligeira, decidida.
Também, era a última vez. Pelo menos uma das últimas. Ninguém pode desintoxicar-se de maneira violenta, mas aos pouquinhos. Dois ou três dias depois tomaria meio cálice, depois outra quantidade menor... – e isto mesmo em casa, sem que ninguém soubesse – até libertar-se do vício. Dentro de um mês, quando muito, estaria curado. Curado, para sempre.

Sentou-se a uma das mesas, pediu café. Na parede do fundo, uma folhinha – cromo grande e vistoso, que representava um casal feliz, sorridente, de braços dados. Esvoaçavam moscas em torno dos açucareiros, amontoavam-se nos fios elétricos, zumbiam, numerosas e familiares, como se fosse dia. Seriam já dez horas. Quase deserto o estabelecimento. A um ângulo da parede, um velho magro, capiongo, malvestido, chapéu preto caído sobre o rosto chupado e óculos debruçados na ponta do nariz, mexia o seu leite, calmamente, com a mão direita, enquanto a esquerda levava o pão à boca. E, perto de Antônio, um mulataço de cara bexigosa, garçom de um restaurante, tomava cerveja, em companhia de uma fêmea sardenta e banguela. Conversava com a mulher – qualquer coisa engraçada, decerto, porque ela ria muito, ria por toda a cara, evitando abrir a boca, com esse riso composto e digno das mulheres desdentadas. A luz crua da lâmpada mordia-lhe o rosto, incidia-lhe em cheio na fisionomia castigada, onde as olheiras fundas e o embaciado da pele traíam as noites de vigília, na caça ao macho, os sonos diurnos, em quartos abafados, sem luz e sem ar.

A música do rádio enchia agora a sala, espraiava-se rua afora, dava ilusão de conforto a pessoas pobres da vizinhança. O proprietário tinha um ar abatido: a festa desviava-lhe a freguesia.

Antônio pagou o café, ia sair. Nada lhe haveria acontecido se não fosse aquele samba. Mal se foi levantando, a voz emergiu do rádio:

"Por que bebes tanto assim, rapaz?..."

Insensivelmente escorregou na cadeira, e as energias maldespertas readormeceram de súbito, anuladas pela insidiosa languidez da música. Veio-lhe de pronto à memória o amor desfeito, a vida solitária, sem pais, sem irmãos, sem mulher, o abandono...

Bebeu, uma, duas, três vezes. O velho palitou os dentes, embolsou alguns palitos, limpou os óculos e, paga a despesa, deixou errar pela sala estreita uns olhos entediados. Outro freguês entrou.

Antônio ia no quarto cálice, que segurava com a mão já tremente, bebericando o líquido. As feições demudadas, os olhos levemente estriados de sangue. Faltava-lhe lucidez para palpar a consciência.

– Ô garçom!

O empregado aproximou-se; o mulato, irritado, fez uma reclamação. Autoritário e duro como nenhum outro freguês. O colega lançou-lhe um olhar de compreensão resignada. O outro queria a mesa limpa com um pano decente. Aos ouvidos de Antônio chegaram, bem claras, as últimas palavras:

– ... traz para aqui um molambo!

Molambo! Encarou o sujeito, desviou os olhos. Molambo! Voltando a fitá-lo, viu-lhe no rosto um riso – riso superior, abafado, de condescendência para com o garçom, que se desculpava rindo, passando na mesa uma toalha limpa. O dono do café procurava acalmar o mulato:

– O senhor sabe: às vezes há uma falta, por mais que a gente tenha cuidado. Mas o freguês desculpa...

E riu, por sua vez, um riso servil, rastejante.

Na retina de Antônio fixavam-se todas aquelas caras abertas em risos. Riam-se dele. Dele, o molambo. Sentia alguma coisa pungi-lo como alfinete. Molambo. Tudo ria dele.

Cessaram os risos – mas os risos continuavam; e agora não eram só aqueles três risos: riam todos: ria a mulher, sem pejo de mostrar as gengivas desertas; ria o freguês que entrara por último; e o próprio velho vencido também ria, sacudia o seu tédio rindo a bom rir de Antônio, do pobre-diabo, do molambo. As mesmas figuras inanimadas do cromo torciam-se de riso.

E todos esses rostos lhe pareciam curtos e desmesuradamente largos, como se vistos através de espelho convexo, as bocas dilatadas, enormes, abertas em risos escarnecedores.

Um guarda-civil entrou, saiu logo depois, ficou rondando pela porta, cassetete em punho, passeando gravemente a sua autoridade.

O guarda rira-se. Até o guarda! Antônio fechava os olhos. Em vão: giravam-lhe na retina, teimosas, insistentes, eternas, todas essas bocas escancaradas num riso sádico. Molambo! Os olhos fuzilavam-lhe. Emborcou o resto do cálice, pediu outro. Molambo! Quá-quá-quá... – "Pobre-diabo! Olha como todos mangam de ti, da tua fraqueza. Molambo!"

O velho saiu, pigarreando. Derramou-se um pouco da aguardente do quarto cálice: a mão tremia-lhe tanto que mal pôde sustê-lo. A mulher bocejava. O companheiro convidou-a a levantar-se, pagou a despesa, com superioridade, saiu. De um trago, Antônio emborcou o restante do conteúdo. Molambo! "Se é por causa de mulher..." Molambo! O beijo de Mariana, naquela noite de lua... "... teremos que dispensar os seus serviços." "Por que bebes tanto assim?..." "Quero ver você um grande homem." Mariana! O vento era manso; o luar alagava a paisagem marítima... As lâmpadas elétricas dançavam-lhe na vista, e dançavam as cadeiras, e as mesas, e as garrafas nas prateleiras – tudo dançava. Agora, Mariana ria-se também da sua miséria – um rir que lhe mostrava os lindos dentes brancos. Mariana! E o coro do riso prosseguia – um riso imenso, de dezenas de bocas imensas. Virava-se para um lado, para outro: a vaia desumana perseguia-o. Era um riso geral, ubíquo, onipotente, que o acompanharia pela vida inteira. Molambo!

Levou o cálice à boca, trêmulo, trêmulo, bebeu um trago. Voltou-se em direção à rua. Passava um bonde: o rumor seco das rodas sobre os trilhos veio juntar-se ao coro da zombaria que o aniquilava. Enxotou com ódio uma mosca insistente que lhe pousava na face. Zumbiam moscas em torno dele, zumbiam, teimosas, exasperantes, como se dessem a sua contribuição miúda para a vaia geral. Molambo!

Pegou do cálice e sacudiu-o à toa – ensangüentando, por acaso, o rosto do guarda-civil –, arremessou-o a esmo na cara coletiva, na imensa boca universal que se escancarava diante dos seus olhos desvairados, diante do molambo que ele era, numa gargalhada de escárnio.

1939

DR. AMÂNCIO, REVOLUCIONÁRIO

— Boa tarde, Dr. Amâncio.
Dr. Amâncio não responde. Distração, decerto. Debruçado à janela, neste fim de tarde domingueira, olha a rua, os raros transeuntes, os automóveis raríssimos. Naturalmente não olhará para o céu, o sol esmorecente, o pedaço de mar, com o morro ao fundo, tenuemente envolto numa névoa azulada... A paisagem não interessa a Dr. Amâncio. Nos seus poemas e nos seus contos – que o Dr. Amâncio é contista e poeta – a paisagem não figura, nem uma nesga. Nada: só lhe interessa o elemento humano, afirma sempre, alçando os ombros, num superior desdém da natureza, o braço em arco, o cigarro a arder-lhe entre o fura-bolos e o polegar.

Dr. Amâncio, baixo, moreno, olhos miúdos e vivos, abandona o posto de observação. Vai escrever. Conheço-lhe os hábitos, pois o visito, dou-me com ele. Sozinho, solteirão por princípio, vive para as letras. Nos dias inúteis costuma trabalhar assim pela tardinha. Melhor diria: costuma demolir. Sim: Dr. Amâncio não escreve – derruba. Quando agarra a pena, alguma coisa lhe faz ver nela nada menos que uma picareta. A humanidade está errada, os costumes estão errados, as instituições estão erradas, tudo está errado: urge arrasar tudo! E é compenetrado da alta importância de sua tarefa que Dr. Amâncio empunha a picareta. Aos domingos, faz prosa. Atira-se ao conto. A picareta entra em ação. Mas Dr. Amâncio não derriba às claras, que é bastante fino para não agir assim. Ele quer é derruir às ocultas, solapar em silêncio. Delicia-se a pensar nos efeitos da sua obra. Assobia contente. O seu requintado sadismo se compraz nessa realização diabólica. A imaginação de Dr. Amâncio trabalha. À medida que escreve, vê o conto lido por toda a gente, comentado, discutido, abalando os espíritos indecisos, redobrando a energia dos agitados. Vê a organização social como um edifício enorme, que novamente estremecerá nos alicerces com essa nova investida de sua picareta. Oh! o seu cérebro pondo em perigo a sociedade, fazendo tremer as instituições, encaminhando o pensamento dos homens para nova ordem de coisas! O edifício vacila: Dr. Amâncio sorri, de puro gozo.

Fulminante o seu poder de sátira – disso está convencido – dentro daquele tom extremamente sutil, muito pessoal, o maior orgulho do escritor rebelde. As palavras adquirem-lhe na pena estranho sentido arrasador. Sabe combiná-las finamente, para efeito de explosão, deixando-lhes na cauda um estopim. Ao primeiro contato com a imaginação do leitor – tão certo como dois e dois serem quatro – a bomba explodirá e como lavas saltarão pelo ar as instituições desfeitas. A ordem social reduzida a um caos. Caos. Dr. Amâncio repete mentalmente, devagar, com volúpia: "Caos".

Por isso a natureza não exerce atração alguma sobre Dr. Amâncio. Pelo menos a natureza plácida, harmoniosa, dos dias comuns. Talvez só o incêndio do pôr-do-sol possa encontrar ressonância na mórbida sensibilidade do revolucionário. Aquele sangue que tantas vezes ao anoitecer parece derramar-se das nuvens fornecerá a Dr. Amâncio imagens de luta, de guerra, de conflagração, prazíveis a seu espírito enjoado da paz. Ah! temos melhor: a tempestade. O estrondear dos trovões, o céu golpeado pelos relâmpagos, o sombrio ulular dos ventos borrascosos hão de sacudir a alma desse homem movimentado e ardente, de pena feita para o combate sem tréguas. Só a natureza convulsionada pela fúria dos elementos pode alagar de gozo a imaginação de Dr. Amâncio.

Nem mesmo assim, porém, violentamente desassossegada, a natureza comparece nos trabalhos do nosso herói. Esse furor, aproveita-o Dr. Amâncio para transubstanciá-lo em tipos e cenas onde arde e freme o pensamento revolucionário.

Dr. Amâncio entrou faz quase meia hora. E, enquanto eu sigo, em paz com os homens e as coisas, a olhar, neste precipitado anoitecer, crianças que brincam sob as árvores quietas da rua, em cujas copas altas passarinhos cantam, Dr. Amâncio estará sentado à sua vasta secretária de imbuia, em companhia de boa coleção de dicionários da língua portuguesa, suando em bica, picareta em punho, entregue de corpo e alma à sua missão. Voam pelo ar, com silvos agudos, estilhaços de instituições; e a picareta canta. Todo um milenar esforço de organização social, toda uma aturada conquista salta pelo espaço, em fragmentos, despedindo chispas instantâneas; e a picareta canta. A picareta fere em cheio o bloco inteiriço de uma legislação, que se vai esfacelando aos poucos, mas sem solução de continuidade. Os estilhaços fendem a atmosfera, perdem-se lá longe – artigos arrebatadamente revogados. A picareta canta: com pouco, tudo aquilo será letra morta, para todos os efeitos.

Curioso notar que a esse tremendo labor destrutivo preside um método, uma disciplina somente comum às realizações de fim pacífico. Impecável a ordem nessa obra de vandalismo. Uma batelada de léxicos, marcialmente dispostos em posição vertical diante de Dr. Amâncio, passa-lhe contínua e demoradamente pelas mãos. Deles retira com sábia perícia os ingredientes necessários à fabricação de sua dinamite. O material é empregado em doses irrepreensivelmente exatas nessa singular pirotécnica de Dr. Amâncio. Material do melhor, nacional todo ele, ou seja, português, português de lei. Nada de estrangeirismos. Há os dicionaristas preferidos, para tais e tais fins. Quando se impõe uma expressão menos velada, mais crua, Morais é excelente. Aulete, mais pudico, é ótimo para os casos de regência. Derrubar regimes – será talvez a fórmula de Dr. Amâncio – escolhendo os melhores regimes para os verbos. Chegou à perfeição deste raciocínio: "Não é certo criticar maus regimes sem dar o bom exemplo".

A obra está pronta. Vai ser plenamente satisfeito o sonho de destruição de Dr. Amâncio. No próximo domingo um suplemento literário distribuirá o perigosíssimo explosivo. O estopim pegará fogo. E as instituições feitas pedaços ficarão, por fim, reduzidas a cinzas. O caos!

Há mais de uma hora que Dr. Amâncio se encontra aqui no Amarelinho, onde costuma prosear pela tarde com a gente do seu grupo – e nem uma palavra sobre a bomba aparecida ontem no jornal. Sim, ontem, domingo: estamos numa segunda-feira, não sei se já disse. Nem uma palavra. Será que não leram? Um amigo dos mais exaltados o tratou até com frieza. Mistério. Será possível...? Não. O fogo há de já ter chegado ao estopim. A este momento, lá por fora, os espíritos andarão amotinados, transfigurados pelo braseiro revolucionário em que ardem as duas primeiras páginas do suplemento. Virão os entusiásticos parabéns. As imaginações, tocadas pelo impulso iconoclástico; as cabeças adolescentes e as cabeças maduras, chamejando por igual, na mesma aspiração, no mesmo extremado ideal de não deixar pedra sobre pedra. Que orgulho para o criador do caos! E há também o reverso da medalha. Há o sofrimento, o duro castigo aos que se revoltam, aos que não se conformam, aos que incitam à peleja os ânimos oscilantes. Mas Dr. Amâncio acha-se disposto ao sacrifício. Sofrerá feliz pelas suas idéias. Suportará de alma forte todas as violências, todas as perseguições. Um imenso, triunfante orgulho de iconoclasta que vê o fruto de sua obra. Venha o sofrimento, a coroa de espinhos, ao apóstolo do caos.

Olhando, por acaso, à direita, Dr. Amâncio vê a coroa de espinhos na pessoa de um policial, seu conhecido. Que venha! Já estava tardando. O sujeito caminha em direção à vítima. Dr. Amâncio sente cócegas de impaciência. Quer entregar-se, destemeroso, altivo, antes que o outro lhe dê voz de prisão. Contém-se. O homem aproxima-se mais, estira a mão ao revolucionário. A mão que abala regimes move-se para o cumprimento fria e hesitante, no momento decisivo. Dr. Amâncio procura, porém, reagir, vencer o súbito acesso de temor. Vence-o. Sofrerá pelas suas idéias. E intimamente ri das instituições aluídas pela sua picareta, das instituições que em pouco, quando se houver de todo realizado o efeito da bomba, passarão, sob a forma de cinza, para a paz eterna das coisas mortas.

Mas quê? Sacode-o, a Dr. Amâncio, um forte estremeção de surpresa. Doem-lhe os dedos, que o tira aperta, aperta forte e demorado:

– Meus cumprimentos! Admirável o seu trabalho. Boa linguagem e idéias elevadas. Idéias patrióticas. Sente-se que o senhor é um homem equilibrado, amigo do regime. De escritores como o senhor é que estamos precisando. Meus comprimentos!

    O policial produziu outros elogios dessa marca e nesse tom. Dr. Amâncio quase não ouvia, mal voltando a si do espanto. Que diabo! Não lhe haviam percebido a intenção. Por isso é que o amigo o saudara com frieza e ninguém do grupo dissera nada sobre o conto. Mas seria possível?

    Dr. Amâncio, abafado, não teve uma palavra para a exaltação do secreta. Pensou com infinito desgosto em si mesmo, na sua sutileza, e na imensa burrice alheia, recolheu tristemente o iluminado sorriso de mártir, jogou fora e esmagou com o pé o cigarro que lhe fumegava entre os dedos, e saiu em desespero, gritando com os seus botões que era um incompreendido.

1939

MANGAS DE DEFUNTO

— Pois está feito: vamos nós três amanhã bem cedinho.
O Antônio era muito supersticioso:
— Ô Chico, você sabe duma coisa? Vamos botar mais um companheiro. Negócio de três foi o diabo quem fez...
— Então a gente chama o Zequinha, não é?
— É. Está bom.
Manuelito — o Cabeça-de-Nós-Todos — abanou o cabeção, concordando também, embora com a ressalva de que em negócio de quatro o diabo tem uma parte:
— Está direito. Mas onde é que a gente se encontra? Vamos marcar um lugar certo.
Promotor da excursão, o Chico resolveu tudo:
— No fundo do seu quintal. E, para a gente não ficar esperando muito tempo um pelo outro, você se levanta primeiro, chega na porta de cada um de nós e dá um assovio — assim — avisando. Todo o mundo já deve estar acordado. É só mudar de roupa e ir para o lugar do encontro.
Depois de alguma hesitação, o Zequinha aceitou o convite.
— Bem — avisou o Chico —, não vá depois ninguém bancar o mofino e dar o fora. Araruta, araruta: quem não for é um...

Não, ninguém deixaria de ir.

Com o pensamento fixo na viagem, nenhum deles dormiu bem nessa noite. Acostumados à vida na vilazinha acanhada, desconhecendo as longas distâncias, aquele passeio se lhes afigurava uma viagem. Iriam caminhar mais de um quilômetro. Muito longe... Depois, a possibilidade de perigo: se dessem de cara com almas do outro mundo, sem ninguém para os socorrer? Os pais não deveriam desconfiar de nada; do contrário, tudo perdido. Esses temores, esse mistério, davam à excursão um excitante sabor de aventura. Teriam de partir cedo, bem cedinho, com o escuro. E somente os quatro. Nada de muita gente: os proveitos da expedição ficariam bastante reduzidos.

Quando o Chico lhes trouxera a idéia, os colegas mostraram-se receosos. Um perigo! Jamais a gula os tentara a semelhante realização. Fazia medo. Se fosse noutra parte... Mas logo ali! Alma do outro mundo não é brincadeira, não. Ouviam contar cada uma de arrepiar cabelo. Mas o Chico, *condottiere* perfeito, animava-os a todos, acendendo-lhes o interesse palas vantagens, anulando os obstáculos. Que diabo! Eram quatro; alma aparecia sempre a uma pessoa isolada: não bulia com um grupo. Nunca ouvira contar nenhum caso. Quem é que já tinha ouvido? Ninguém. Com pessoas assim juntas alma não bole. Pois então! Por que tanto medo? Experimentassem. "Quem não arrisca não petisca..."

O próprio Chico, porém, tinha lá os seus receios. Deitado, pensava nas possíveis conseqüências da proeza. Mas era homem, não recuaria.

Só muito tarde o Cabeça-de-Nós-Todos pegou no sono. Estava tão cansado que, ao abrir os olhos, viu a manhã entrando-lhe no quarto pela telha de vidro. – "Danou-se! É tarde pra burro! Está tudo perdido."

Exagerava: seriam quatro e meia, quando muito. Vestiu-se às pressas e saiu, descalço, a chamar os companheiros. Abriu devagar a porta da cozinha, que dava para o quintal. Apanhou uns sapotis roídos pelos morcegos, e comeu-os, com a boca suja de mingau-das-almas. Lembrou-se do perigo da viagem – as almas do outro mundo. Que fazer? Já tinha dito que ia. Aquela história de "araruta, araruta" obrigava-o, mais do que uma jura, ao cumprimento da palavra.

Os outros já se achavam despertos, à espera do assobio. E dentro em pouco partiram todos, animados, na direção do oiteiro.

Em certo trecho gostavam de armar alçapões nos galhos das árvores para pegar curiós, canários, guriatãs. Brincavam por lá, chupavam cajus, apanhavam murtas, miudinhas, quase pretas se bem maduras, muito gostosas. (Deixavam mancha na língua.) Iam vários meninos. Caíam tão esganados em cima das murtas que às vezes um deles advertia, prudente: "Minha gente, deixe de ambição, senão as murtas se viram em carvão". O receio de castigo murchava o egoísmo geral. Passavam a fazer a colheita sem precipitações.

Agora, entretanto, encaminhavam-se a outra parte do oiteiro, à qual não iam quase nunca, a não ser quando acompanhavam enterro. Aí ficava o cemitério. Principiava ao lado da igreja – plantada ao pé do morro – a ladeira que se tinha de subir levando o morto para o descanso. Ladeira suave, mas extensa. Os meninos vinham, agora, por outro caminho.

A distância a que se achava o cemitério afastava um pouco dos homens da vila a idéia da morte, tornando-a, por outro lado, mais trágica a seus olhos, quando visitavam, raro, a morada dos defuntos. Em meio às grandes árvores que a cingiam, entremostravam-se, de longe, breves trechos do muro alvo de cal. Era bem uma cidade à parte, a dos mortos.

Os garotos iam andando, mudos e felizes, banhados em cheio pela fresca da alvorada. Setembro: estrada afora recendiam os cajueiros em flor. No verde orvalhado das folhas, um cintilar de cristais. Uma ponta de receio – inconsciente respeito àquele silêncio grande da manhã nascente? – emudecia os aventureiros. Ouviam bem nítido o rumor dos pés descalços na areia escura. De onde em onde um passarinho madrugador despedia dos ramos a sua música. E voltava o silêncio, pesado, solene. Num oitizeiro, um ninho enorme, talvez de xexéu. Ressoou a martelada de um ferreiro, súbita, assustante. Zequinha chegou a ensaiar uma carreira. Os outros riram, bancando fortes:

– Com medo de passarinho, rapaz!

Aparecia o cemitério. Logo o Chico reparou na palidez do Zequinha:

– Que é isso, rapaz? Está com medo?

– Não... Medo de quê? – o outro gaguejou, encabulado.

Mas todos sentiam medo, até o Chico.

O cemitério estava a poucos passos. Por entre as grades do muro, de madeira pintada, divisava-se a brancura caiadinha de alguns túmulos, e a escureza de outros, enegrecidos do tempo e do abandono. E aquele mundo de cruzes, várias de tamanho e cor. Logo à entrada, o carneiro do irmãozinho de Antônio, morto aos dois anos. A família mandava caiá-lo sempre. Os meninos tiraram o chapéu, com o medo a crescer-lhes na alma.

Iam-se aproximando das mangueiras ali de perto, que diziam ser de Seu Joca Pinto. Os garotos não tinham noção exata do direito de propriedade: perdidas naquele ermo, as mangueiras eram de todo o mundo. E ninguém lhes queria os frutos, ninguém ligava às "mangas de defunto". Antônio ouvira o pai afiançar que não botava os dentes numa manga daquelas por dinheiro nenhum. E em busca das frutas desprezadas realizavam eles tão perigosa excursão. As mangas deviam ter gosto de defunto, afirmava-se. E as mangueiras carregavam de arrastar os galhos pelo chão, as frutas apodreciam, sem que ninguém lhes tocasse. Nem o Seu Joca Pinto, o dono – um unha-de-fome, "assim" com dinheiro...

Foram-se chegando, receosos, o coração aos pulos. O próprio Chico temia violar o tabu.

– Vamos ver quem sobe – disse.

Não haviam encontrado uma vara.

Ninguém queria subir. Resolveu a questão:

– Eu tenho aqui um níquel. Vamos ver. A gente faz dois grupos: um, cara; outro, coroa. Depois, do grupo que for sorteado se tira um, pelo mesmo jeito. A moeda é quem decide.

Na alma de Antônio pesava uma coisa assim como remorso. Parecia-lhe, confusamente, estar profanando a sepultura do irmãozinho.

Aceita a proposta, recaiu, por fim, no chefe do grupo a escolha da sorte. Não fez careta: palavra é palavra...

Trepou, começou a balançar os galhos, e com pouco o chão estava preto de mangas. Antônio ia apanhando, enquanto os outros colhiam as que se achavam ao alcance da mão. Encheram uma cesta que o Zequinha levara. E nenhum se aventurava a provar uma das mangas: o gosto de defunto... Que diabo! Mas tão amarelinhas! E, afinal, para que se encontravam eles ali? Muito guloso, o Cabeça-de-Nós-Todos foi o primeiro a decidir-se: maior a gula que o receio.

– É uma beleza! Doce que faz gosto.

E lambia os beiços melados.

O Antônio e o Zequinha se espantaram:
— Rapaz!...
Lá de cima, o Chico só tratava de derrubar. Depois, parou um instante, e a sua voz se fez ouvir embaixo:
— Um torrão de açúcar!
Os dois outros não tardaram, também, a experimentar a fruta:
— Que colosso!
— E a gente perdendo essa mina, hem?
O Cabeça-de-Nós-Todos tomou a palavra:
— Tenha cuidado, Seu Zequinha. Não vá depois botar na boca dos outros. "Essa mina", "essa mina" — depois todo o mundo sabe da mina...
— Não se incomode, não, que eu não sou maluco. Espia só aquela, Antônio. Grandona, bonita! Basta dar um pulo.
De tão alegres, já se tornavam tagarelas. Nem se lembravam do cemitério, tão próximo. Que gosto de defunto, que nada! Nem o Zequinha, o mais tímido, pensava em almas do outro mundo. Dia claro: alma do outro mundo só aparecia pela noite. O sol anunciava-se no mar, que eles avistavam, lá longe. Boiava, ainda vaga, na superfície líquida, uma claridade trêmula. Alma não bole com pessoas em grupo, muito menos durante o dia.
— Querem que derrube mais? — perguntou o Chico, lá do olho da mangueira.
E os outros, mal abriam a boca, ouviram gritos:
— Ai, meu Deus! Um homem no cemitério! Uma alma do outro mundo!
A voz saía difícil, engrolada — voz de quem vê alma. Olharam para cima: Chico descia.
Os meninos ficaram atônitos: alma do outro mundo!
Zequinha pegou a correr; os outros abalaram também:

— Me acudam! É o Seu João Guedes! Me acudam!

Seu João Guedes era um velho muito conhecido na vila, morto alguns meses antes. De um gênio mau que só ele, tinha fama de feiticeiro e fazia às crianças "um medo medonho".

Os pequenos voavam. Os louros cabelos do Zequinha, enormes, revoltos ao vento. Parecia que os olhos do Antônio, muito à flor do rosto, queriam agora saltar das órbitas. Manuelito, gordão, vinha mais atrás, a grande cabeça como desgovernada. O canto de um bem-te-vi agravou-lhes o susto.

Quase a meio caminho, sobrestiveram, esbofados, botando a alma pela boca. Prosseguiram, devagarinho, e pararam já perto de casa, descansando. Puseram-se a comentar o ocorrido. Foram-se meter a cavalos-do-cão, brincar com alma do outro mundo... Viera o castigo. Bem que eles não queriam ir atrás daquelas frutas proibidas. O Chico fora o culpado. Que seria feito dele? Não deviam ter deixado o companheiro assim sozinho. Mas medo é o diabo.

— Seu menino, o medo é maior do que a gente.

— É mesmo, Antônio — disse o Manuelito. — E logo o Seu João Guedes! Nossa Senhora!

E todos lamentavam o companheiro, imaginando o que lhe haveria acontecido. Como se teria arranjado com a alma? Decerto a coisa fora preta, que nem força para correr ele tivera. Um perigo. Alma do outro mundo não era sopa, não. E se ele morresse?

O Cabeça-de-Nós-Todos ponderou:

— Alma não mata ninguém, não, rapaz.

— Não mata? Quem foi que lhe disse? — perguntou o Manuelito.

— Mesmo que não mate — lembrou o Zequinha — a gente pode morrer de susto.

Pobre do Chico! Tão animado! Deveriam contar ao pai dele, e cada um, também, a seu pai; mas era surra na certa.

Zequinha queixou-se de estômago embrulhado; queria vomitar: efeito da longa corrida. Os camaradas se encheram de apreensões. Mangas de defunto. Eram as almas que os iam fazer botar para fora as mangas tão gulosamente chupadas. O castigo. Zequinha meteu o dedo na garganta, provocando vômito. Descansou um pouquinho, aliviou-se. Agora os companheiros sentiam um nojo dos diabos. Rumaram para casa os três, cabisbaixos, com ar desconfiado, diligentes em que a fisionomia não lhes denunciasse o íntimo desassossego.

Zequinha entrou para o quarto, sem que dessem pela sua chegada. Que seria feito do Chico? Ouvira-lhe bem os gritos: "Me acudam! Me acudam!". E ninguém lhe acudira. O que é o medo! O tempo foi passando. Aquilo não podia continuar assim.

Levantou-se, foi tomar café. Quase não come; não achava gosto em nada. Os pais estranharam. Fastio, explicou. D. Lucinda fez logo o diagnóstico: vermes.

Que seria feito do Chico? Iria a casa de Seu Lourenço, pai dele, e contaria tudo, tintim por tintim.

Bateu palmas à porta:

– Quem é?

– É de paz.

O homem reconheceu-lhe a voz:

– Entre, Zequinha.

O menino precisava desabafar. E, mal deu bom-dia:

– Seu Lourenço, eu vim aqui...

– Já sei de tudo, já sei de tudo...

Soltou uma gargalhada:

– Cadê as mangas?

D. Marieta acompanhou o marido na troça:

— Que é feito dos outros heróis? Estão vivos ainda? Você quer uma manga de defunto, Zequinha? Lá dentro tem uma porção...

Zequinha estava espantado: então o Chico... Cabra ordinário!

1939

JOÃO DAS NEVES E O CONDUTOR

Parece mentira: esse João das Neves, de aparência tão robusta, trabalha quatorze horas por dia. Trabalha como um mouro, e não baixa o lombo. D. Amália, sua mulher, tem para o fato uma explicação sumária, em sua fala nortista:
— É do calete.
Uns se dão mal com o labor excessivo; outros, admiravelmente. Tudo depende do calete, da constituição do indivíduo.
Mas não vão pensar que João das Neves vive nesse cortado por prazer, ou ambição. Enganar-se-iam: é por necessidade.
Realmente, João das Neves tem nada menos de dez filhos, tirante o que se acha no prelo, uma tia pobre às costas, e uma empregada — uma só. Com ele e a mulher, quatorze pessoas. Funcionário público, seu ordenado na Biblioteca — setecentos mil-réis — mal chega para a comida. Há muito pleiteia aumento — e nada. E a família vai aumentando. E o homem precisa pegar uns biscates para ir atravessando: um lugar de revisor no *Jornal do Brasil*; escritas de duas mercearias, que ele faz aos domingos e outros dias inúteis; comissões de uns anúncios que consegue para a imprensa...

Ultimamente montou um café lá para as bandas do Méier, onde reside. Sai da repartição às cinco horas, toma o bonde para casa, janta apressado, segue para a revisão, donde voltas às onze para o estabelecimento. O empregado responsável não lhe merece absoluta confiança – e negócio só mesmo com o dono à testa, é a sua convicção de homem sensato. Já muito tarde, aí pelas duas, três da madrugada, pega um bonde (mora longe do café), morto de fadiga, caindo de sono.

Vida apertada, a de João das Neves! E já não é criança: anda na casa dos quarenta. – "Coitado do João! – comentam os colegas. – Não sei como não se acaba de tanto trabalhar." – "É mesmo. Naquele corre-corre, e sempre gordo. Se não fossem os cabelos brancos..."

A cabeça de João das Neves principia a embranquecer. Sempre alegre, já não tem, contudo, aquele riso largo que lhe conheci aos vinte e cinco anos. Esforça-se por não trair os desgostos, as fundas preocupações; mas essa fisionomia não engana. Excelente companheiro, dizem os colegas. Depois que, valendo-se da amizade firme do Dr. Lopes, conseguiu instalar o café, a excelência diminuiu algum tanto – pelo menos para o Fagundes, que passou a achá-lo "muito importante".

– Mas eu não sei onde está essa importância, rapaz – disse alguém, na repartição. – Ora, o João das Neves importante! Só mesmo na sua cabeça...

Na cabeça do Fagundes há sempre um lugarzinho para a importância de todo sujeito que melhora um pouco de vida, ou lhe parece melhorar. Sofre com a prosperidade alheia.

Em verdade, esse João das Neves é a melhor das criaturas: simples, serviçal, a cara vermelha sempre risonha, os óculos de vidro grosso – míope que só ele – cavalgando o longo nariz recurvo, e o seu jeito empinado, a gordura agitando-se como num exercício. Poderá passar fome, mas as suas contas hão de ser pagas em dia. Pontual como poucos, zeloso e dedicado ao serviço como ninguém. O trabalho que lhe sai das mãos é perfeito. Enche o livro de carga e descarga de obras com a sua letra caprichada, muito igual, as maiúsculas sempre floreadas, bem longas as hastes do tê e do dê, a perna do gê cortada por um traço horizontal puramente decorativo.

Vida apertada. Trabalhar como escravo, e ainda precisar de fazer mil economias para não andar em *deficit*. Economias, algumas, de coisas aparentemente ridículas. As despesas caseiras restringem-se ao mínimo. As roupas são cerzidas constantemente: a tia dedica-se a essa tarefa. Se, dia de calor intenso, é obrigado a sair de brim, enche-se de cuidados para não se sujar. Examina minuciosamente o lugar onde vai sentar-se; nos veículos, tem a preocupação de não se encostar nos bancos; e quanta cautela para não lhe cair na roupa um pingo de tinta, quando está escrevendo! Anda três, quatro dias com a mesma camisa, sempre de fazenda escura para ocultar o sujo. Pobre João das Neves!

Em compensação, nos breves momentos em que, metido no seu pijama ordinário, calçado em modestos chinelos de corda, pode repousar na espreguiçadeira, com a mulher ao lado dando-lhe cafunés e contando-lhe das pequeninas coisas da vida doméstica, os meninos menores a dormir e os maiores preparando as lições do dia seguinte – nesses instantes, João das Neves sente-se perfeitamente feliz. Olha os móveis em redor – mobiliário simples, já bem antigo –, os retratos na parede, o Coração de Jesus cercado de lampadazinhas vermelhas (que só em dias grandes se acendem), a estante pequena, comprada em segunda mão, com meia dúzia de romances em fascículos, obras de Humberto de Campos, o *Amor de perdição*, de Camilo, uns quantos livros didáticos, outros infantis, o dicionário do Séguier – e invade-o uma sensação de ampla felicidade: tudo aquilo está pago, é seu, e muito seu.

– Você também é minha, não é, minha filha?

D. Amália acha a pergunta meio extemporânea. Ora essa! Mas responde, contente:

– E de quem havia de ser?

João das Neves é o mais feliz dos homens.

– Você sabe, João, o Juquinha está precisando um sapato. Diz que os meninos lá na escola mangaram dele porque o sapato está-se rindo, e todo furado...

– Vamos ver, minha filha. O negócio do café tem andado mole. Mas ainda está no começo. Pode ser que melhore. Paciência.

– Está bem. Não pode, que é que se há de fazer? Quando puder, compra o sapato do Juquinha e uma roupinha para o Mário, não é? Está com uma roupinha só, coitado, na água e no couro. Outra coisa, João: é preciso mais uma cama para os meninos maiores. Vivem dormindo entrempados, uns por cima dos outros. E um sapatinho para o caçula, ouviu?

João das Neves resiste, sereno:

– Deixe estar, minha filha. Vamos ver... Tudo tem seu tempo. Roma não se fez num dia... Você já pagou a conta do leite?

– Faz toda a vida... Não estamos devendo nada, graças a Deus.

D. Amália ergue os olhos para o céu. Já não têm brilho os olhos castanhos de D. Amália. Estão mortos, como o seu sorriso, os seus gestos, o seu andar. Envelheceu depressa. Trinta e quatro anos apenas, feitos há pouco mais de três meses, no dia de ano, por sinal, dia em que foi entronizado o Coração de Jesus, com uma festinha ligeira – dois ou três amigos e outros tantos parentes – que fez no orçamento de João das Neves um pequeno rombo, tapado com alguns dias de serviço extraordinário na revisão. Tão moça ainda, e tão velha! Os filhos e a pobreza levaram-lhe cedo a mocidade. As unhas, gastas no serviço da cozinha: uma empregada só não dá conta. E os seios murchos e caídos de tanto amamentar.

João das Neves adora a companheira. Gosta de lhe perguntar se já pagou isto ou aquilo, só para ouvi-la dizer que sim e gozar a certeza de que não deve nada a ninguém. Agora a sua única dívida é ao Dr. Lopes, velho amigo, homem extremamente simples, "um rico sem bondade", como diz D. Amália. Eram nove contos, mas pagou quinhentos mil-réis no mês passado, fevereiro. E foi um mês muito fraco. A casa ainda não está firmada. Questão de tempo. Há de pagar tudo até o fim do ano, querendo Deus, embora esteja certo que o Dr. Lopes não apertará com ele se porventura se atrasar. Não, não se atrasará.

– Você acha que eu me atraso no pagamento, minha filha? É isso que me faz medo...

– Não, João, deixe de tolice. Pense no que é bom, homem. Que atrasar, que nada! Os negócios vão melhorando. Você sabe, ainda está no começo...

João das Neves sorri, satisfeito. E, apoiado no otimismo da mulher, arma projetos: passará para uma casa menos desconfortável, mais perto da cidade; trocará os móveis; admitirá outra criada; comprará os sapatos do Juquinha, a roupa do Mário, a cama, roupinhas para os bebês, o sapatinho para o caçula, um enxoval para o pirralho que chegará lá para os meados de agosto... Tudo é possível. Quem sabe se até não arranjará casamento para a tia, que, viúva, beirando os quarenta (mais moça do que ele), ainda não perdeu a esperança de casar outra vez? Tudo é possível...

D. Amália corre-lhe a mão pela cabeça. De vez em quando, um estalinho gostoso. Tem um jeito muito seu para dar cafuné. De repente um dos pequenos se põe a chorar, e lá vai ela atendê-lo. Então João das Neves se lembra dos seus deveres: "Quem é cativo não ama". Para ele não há domingo nem dia santo. Não pode entregar-se longamente àquelas carícias dos dedos ágeis da companheira. Nem reler os sonetos que tem copiados num álbum, com todo o capricho. (Abaixo do nome do autor vem sempre: "Copiado por João das Neves". Essa declaração como que o faz co-autor dos versos. Ilustra algumas das poesias com gravuras – recortadas de jornal ou revista – que lhe parecem adequadas ao tema. Meia dúzia de pombas adejam sobre o soneto de Raimundo Correia. João das Neves a princípio quis colocar pelo menos umas vinte, por causa do "enfim dezenas...". Meticuloso, chegou a consultar D. Amália. – "Ora, meu filho, para que tanta pomba?") Não pode reler os versos, nem copiar outros. Tem as escritas para fazer. Senta-se ao *bureau*, toma o diário, o razão, o contas-correntes e a costaneira. No diário, escriturado com mais esmero, contempla, enlevado, os títulos abertos em gordas, vistosas letras. Usa partidas dobradas. Não é guarda-livros profissional, mas sabe onde tem o nariz. Vai até tarde com o trabalho, que só interrompem as refeições. Vida apertada!

À mesa, o Juquinha, o Mário, o Luisito, o Paulinho e a Lourdinha – os maiores – chovem sobre João das Neves pedidos de livros, velocípedes, bonecas, dinheiro para cinema... João das Neves vai prometendo:

– Vamos ver... Deixe ver o negócio em que dá, ouviu, meu bem? Paciência. Roma não se fez num dia... Passe o feijão, minha filha.

O negócio é o café. Nele concentra João das Neves todas as suas esperanças. Quando vem de lá, pela madrugada, caindo de sono, morto de cansaço, cochila tanto no bonde que de primeiro o condutor costumava despertá-lo no fim da linha, do contrário João das Neves voltaria, sem dar por isso. O condutor, porém, era solícito. João das Neves saía de um estabelecimento comercial, com ar indiscutível de dono, apesar de seu feitio avesso a ostentações. Cuidadoso com as vestes, dá sempre boa impressão. E, se está de casimira, o que é mais comum, impressiona ainda melhor. O terno bem passado, bem escovado, embora velho. Os afazeres nunca lhe tiram o tempo de se barbear. Faz boa figura, não há dúvida – sobretudo aos olhos humildes do condutor. Por isso, chegando ao fim da linha – mora um pouco além – o homem aproximava-se dele, cautelosamente, dava-lhe no braço uma pancadinha respeitosa:

– Doutor, já chegamos.

João das Neves abria os olhos, meio atarantado, e depois a boca, num sorriso agradecido:

– Muito obrigado. Muito obrigado. Boa noite.

O outro retribuía o cumprimento, feliz de ter prestado um favor àquele cidadão, proprietário, bem-vestido e doutor.

A modéstia de João das Neves e o seu amor à verdade não lhe permitiriam, porém, deixar o condutor muito tempo enganado a seu respeito. Não era doutor. Não era rico. Não tinha nada de seu, a não ser a família numerosa, e aquele café, que, afinal de contas, ainda não lhe pertencia... Era um pobre-diabo, um simples burro de carga, um João das Neves anônimo – um joão-das-neves, um joão-ninguém. Tudo isso, mais ou menos, disse ele, uma noite, ao condutor, logo que este acabou de o despertar.

– Pois é isto, meu velho – concluiu. – As aparências enganam. Não me chame mais doutor. Nós somos iguais. Eu sou um pobre, um escravo, um sofredor como você. Boa noite.

Não teve a curiosidade de ler na fisionomia cansada do outro a impressão que lhe ficara dessas palavras. Foi caminhando, contente da sua própria atitude. Mostrara ao homem que era um igual; despertara-lhe, decerto, maior simpatia, essa simpatia nascida do sentimento de solidariedade humana. Eram ambos pobres-diabos que morriam no trabalho para viver mal. Ótima criatura, o condutor! Agora o seu interesse, o seu cuidado com João das Neves havia de redobrar. Santo homem. Convidá-lo-ia brevemente para uma feijoada, num domingo em que estivesse mais desafogado de ocupações. E foi pensando que aparas poderia realizar nos gastos caseiros para dar margem à gentileza que pretendia fazer àquele santo homem. Em casa, logo ao chegar, falou no assunto à mulher. D. Amália escancarou num bocejo a boca de lábios murchos:

– Depois se acerta isso, João. Trate de dormir, que tem de se levantar às sete horas. Quem é cativo não ama...

No dia seguinte, quase às três da manhã, João das Neves era despertado por um "Fim de linha!" berrado pelo condutor; e ainda lhe chegaram aos ouvidos umas palavras espremidas entre dentes:

– ... Lugar de dormir é em casa.

João das Neves agradeceu, deu boa-noite, como sempre. A madrugada estava muito fria. Meteu as mãos nos bolsos do paletó, e seguiu devagar, tranqüilo, filosoficamente tranqüilo, de olhos bem abertos a despeito da fadiga, refletindo acerca da solidariedade humana.

1939

O ESCRITOR ALBERTO BARROS

A Arnaldo Tenorio

Antes que o interventor começasse a falar, o escritor Alberto Barros já estava com os dentes no coradouro, riso aberto na boca muito aberta, que parecia querer engolir as palavras do homem.

O chefe chegara naquele momento ao Ginásio Oficial, para assistir à sessão comemorativa de uma grande data. O escritor Alberto Barros não se esquecera de tomar-lhe o chapéu, numa ansiosa pressa, deixando no ar, inútil, o braço do servente. Já havia diversas autoridades para compor a mesa. A prosa em que se entretinham esfriou um pouco à chegada de S. Ex.ª. S. Ex.ª circunvagou pelo ambiente uns olhos mansos e enfadados, riu para dentro. Estridulavam na área do edifício as notas do dobrado com que S. Ex.ª fora recebido. O escritor maldizia o dobrado, odiava fundamente a música, à qual atribuía o silêncio do interventor. Talvez S. Ex.ª gostasse de música. E o escritor sofria. O riso ficara-lhe parado nos lábios – riso de manequim. E o escritor, hirto e solene no seu despeito e na sua ânsia, era, todo ele, um manequim. Às vezes, sem se conter, dava dois passos em direitura a S. Ex.ª: e então a espinha dorsal adquiria de pronto uma admirável flexibilidade. Porém os olhos perdidos, o ar

distante do chefe, impunham-lhe a atitude de recuo. Esfregava as mãos, nervoso, mordia o lábio inferior, esforçando-se por não desfazer o sorriso – e última forma.
Parou a música. O interventor olhou dos bastidores a assistência. Escassa. Isto lhe serviu de pretexto a puxar conversa com o capitão dos portos. O representante do secretário da Fazenda foi-se chegando, tímido, a chamado de S. Ex.ª, que lhe perguntava pelo titular. O secretário não costumava sair pela noite: resfriava-se facilmente. O escritor Alberto Barros aproveitou a deixa e aproximou-se, de improviso, para bater papo sobre a gripe "que estava grassando na cidade".
– Se não fossem as precauções da Saúde Pública...
Dilatou o riso, ilustrando-o com uma curvatura de cabeça, acompanhada, por sua vez, do estirar do braço direito em direção ao interventor.
– Felizmente o nosso chefe sabe escolher os seus auxiliares. Zela pelo bem-estar do povo...
S. Ex.ª não se comoveu muito com o elogio à queima-roupa:
– Sempre se lembrando do povo, hem?
O escritor Alberto Barros empalideceu de súbito, o riso tornou-se-lhe amarelo. Não gostava dessas alusões ao seu passado turbulento.
– V. Ex.ª é irônico... É próprio, aliás, dos homens inteligentes...
Mas já o interventor prestava atenção ao diretor do Ginásio, que chegava com 20 minutos de atraso e, olhando a assistência rala, falava na necessidade de "avivar a chama do patriotismo".
O riso do escritor Alberto Barros estava gelado e inútil. Aproximava-se bem do chefe; violentava o acaso em busca de uma oportunidade: os olhos lentos e fatigados não lhe davam sombra de acolhimento.

Deu dois passos à frente, estendeu os braços, encolheu-os, meteu as mãos nos bolsos, tirou-as, ficou um instante sem saber o que fizesse delas.
– A educação cívica do povo...
Mas ante a vista já lhe aparecia, antes de aparecer, o ar de mofa com que S. Ex.ª acolhera da outra vez a democrática palavra. Nem o homem lhe deixava uma fresta por onde insinuasse as considerações a propósito da educação cívica do povo.
O interventor puxou o relógio. Upa! Quase 9 horas. Não era para as 8 e meia a sessão? Então devia começar. O escritor achava-se ali como representante de um jornal, e a mesa seria ocupada apenas pelas autoridades. Mas era-lhe preciso o seu momento de glória. Que diabo! Tomar parte na mesa, ao lado da gente graúda, e, sobretudo, de S. Ex.ª. Podia alguém adverti-lo de que era de mais ali. Não, ninguém advertiria. Acanhar-se-iam, naturalmente. E ele devia aproveitar a fresta.
Assumindo a presidência da sessão, S. Ex.ª deu a palavra ao "ilustre orador da noite, o professor João Rodrigues, diretor do nosso Ginásio".
O professor, com a mão papuda segurando a tremer umas tiras estreitas, engrolou vários lugares-comuns a respeito da "magna data", enquanto o escritor Alberto Barros sofria por não ser o ilustre orador, não juntar essa glória às suas glórias. Mas tudo tem seu tempo. Doutra vez seria convidado. Era feliz. Estava ali perto de S. Ex.ª, de quem conseguira, fosse como fosse, algumas palavras. Ao lado das altas autoridades. Os jornais chamavam-lhe escritor. Notícias, para falar verdade, ordinariamente redigidas por ele próprio; mas que importava isso? Escritor Alberto Barros. Autor de um livro, e anunciava outros. Certo que, segundo um crítico, retirando à obra os erros, as tolices, as impropriedades, ela deixaria de existir; mas toda a gente sabe que há críticos azedos e despeitados...

Diretor interino de uma repartição – e com muito brilho. O efetivo não lhe ficava acima em coisa nenhuma. Nem mesmo quanto ao nome, bastante longo: Antônio Barreto de Gusmão Pereira. Assumindo a direção, o escritor Alberto Barros, que sempre assinava assim, nos artigos dominicais, no livro e em todos os documentos, conseguiu mais dois sobrenomes, e passou imediatamente a ostentar um vasto Alberto Rocha de Oliveira Barros. Feliz. Os inimigos, que os tinha vários, temiam-no: era capaz de lançar mão de todos os meios para alcançar o que desejava. Defendia vivamente a teoria de que os fins justificam os meios. Declarava-o abertamente, com uma tocante espontaneidade. Estava longe de ser um tímido, um desses indivíduos fadados a marcar passo a vida inteira, encolhidos no seu desajeitamento. Não: ousava. Sabia resistir às caras feias, às palavras menos amáveis, aos gestos irritados, até a um bater de porta. E quem chegava mais cedo ao telégrafo para saudar a gente importante nos dias de aniversário? O seu *carnet* supria-lhe as falhas da memória. Tinha para os chefes o melhor dos sorrisos. Na repartição, com os subordinados, não seria bem assim, e apesar de trazer o povo sempre na boca, agia ditatorialmente com os colegas menos graduados. Isso com um método irrepreensível: o rigor aumentava à proporção que o posto diminuía. O escritor Alberto Barros compreendia perfeitamente que existe a hierarquia, e era essa noção que lhe transmudava em cara ríspida e fechada para com os auxiliares da repartição o sorriso escancarado que tinha para os superiores.

A vida, afinal. A necessidade de subir. O sorriso para uns e o rosto fechado para outros; as curvaturas amáveis; o prolongamento do nome; as mensagens telegráficas aos homens do poder; o saber insinuar-se nos meios que o repeliam; o suportar calado certos desabafos menos corteses... Intrigas, também; cartas anônimas; prefácios para obras alheias, que não lhe eram solicitados e indignavam os autores... Que diabo! Era preciso brilhar. Era preciso subir.

Para subir – ou, pelo menos, para não descer – não vacilara, tempos atrás, em fazer-se católico. É que o seu espírito vivamente popular o levara a dificuldades sérias. A Igreja o ajudaria a vencê-las. Fizera-se, de pronto, sócio de uma liga católica. Em pouco o sabor da hóstia lhe era familiar e, ao parecer, tão grato, que não passava semana sem confissão. Desvincavam-se-lhe as calças, do muito ajoelhar. Substituiu o povo por Deus: era um demagogo de Deus.

Vale dizer que, embora tão bem esteado no espiritual, não desdenhava o temporal de modo absoluto. Vivendo a vida do século, compreendia sabiamente a necessidade de equilíbrio entre os dois poderes. Buscava o Céu para melhor firmar-se na Terra.

Depois as dificuldades foram passando. Os homens voltaram a abrir-lhe as portas, e aos poucos foi esquecendo o gosto da hóstia, o cheiro de incenso; retificou-se-lhe o vinco das calças.

Encerrada a sessão, o escritor Alberto Barros foi dos primeiros a levar o abraço de parabéns ao professor João Rodrigues, "pelo brilho da sua magnífica oração".

Quando o interventor se foi aproximando do porta-chapéus, o escritor Alberto Barros escovava energicamente o chapéu do chefe, ante o olhar de desprezo do servente, que ficara perto, de braços cruzados.

– Com esse tempo de verão é uma poeira horrorosa... Muito boa noite, Dr. Oscar.

O interventor quis rir para dentro. Mas não se pôde conter: o sorriso saiu, com o "boa-noite".

1939

DOIS MUNDOS

A Dario de Almeida Magalhães

Aos domingos a Rua do Fogo mostrava-se ainda mais sossegada, e o mar, fronteiro, mais tranqüilo e mais triste. Era para o mar que eu me voltava, enquanto Papai vibrava com as alegrias e desgraças dos heróis dos romances de Escrich, que lia para Seu Domingos e D. Marinheira, sentados em círculo, os três, em cadeiras de braços, no alpendre. Histórias longas de amor, em muitos volumes – casamentos de condes e duques e príncipes com lindas raparigas pobres, ou vice-versa: casos bastante complicados, que afinal se resolviam da melhor maneira possível – como o leitor queria – porque meu Pai não terminava a leitura de um desses livros sem exclamar o seu entusiasmo: "Isto é que é romance! Como acaba bem! Não tem nada de Escrich que não seja bom".

Uma das obras – lembra-me ainda: *O manuscrito materno* –, ao que dizia Papai, era de fazer chorar as pedras.

Eu ouvia, sem escutar, pedaços das narrações. Às vezes, cartas – como as lia meu Pai! – dolorosas, lancinantes, onde a paixão escaldava e havia lágrimas de sangue... Cartas que obrigavam o velho a puxar o lenço, no que era imitado por Seu Domingos. D. Marinheira resistia melhor. Papai tirava os óculos de aros de ouro, meio trêmulo, explicava um tanto encabulado: "Homem, de uns tempos para cá eu ando que não posso ler certas coisas..." – e ia enxugando as lágrimas boiantes nos olhos azuis. D. Marinheira, mais prática:

– Isso é romance. Como é que se chora sem quê nem para quê? Isso é coisa inventada...

– Mas a gente sente – contrariava Papai, agora limpando o rosto de um suor hipotético. – Pode acontecer na vida... Parece que a gente está vendo.

– É. Parece. Mas há tanta coisa triste que a gente vê e não chora! Vá para lá com a sua mania de choro. A vida é tão curta! Estou bem de meu, que não sou fonte...

Soltava uma risadinha.

Abafado, Seu Domingos não dava palpite. E logo, masoquista, reclamava:

– Vamos para diante, Manuel. Vamos.

Eu via tudo, e tudo ouvia, sem compreender bem. Talvez, se conhecesse a história na íntegra, ela me comovesse; mas, como fiz notar, ouvia só fragmentos, ao acaso, um diálogo aqui, ali uma descrição, além um trecho de carta. Por vezes, simples frase dispersa. Depois, os meus oito ou nove anos não poderiam sentir, ante um caso de amor, aquelas emoções que molhavam os lenços da gente grande.

Entristecia-me com o mar, com o sossego da rua. Coqueiros sombrejavam a praia, derramavam-se pelos arredores. Nos casebres pobres, pessoas sentadas no batente da porta ou no tronco de coqueiro que servia de calçada. Conversavam. Meninos – alguns deles sambudos, pernas finas – brincavam na areia, corriam, saltavam. Soprava um vento fresco. Uma lua sem vida enfeitava o céu nu. Pensava na definição de horizonte dada pela geografia. Queria duvidar; mas o espírito religioso, alimentado a catecismo e a preleções eloqüentes de D. Paulina, barrava sempre o passo às minhas dúvidas. O Zeca me havia contado a história de um menino que saíra a pescar, "e a jangada foi-se afastando, foi-se afastando, que quando ele deu fé estava junto-junto do céu". Aí o pequeno furou o céu com a vara de pesca, mas não houve nada, não, felizmente, porque S. Pedro, muito habilidoso, fez um remendo bem-feito, com sabão. Mas se na escola a professora, de acordo com a geografia, afirmava que o horizonte apenas *parece* unir o céu com a terra? Ela devia ter as suas razões. E a bondade de D. Paulina era meio caminho andado para nos convencer fosse do que fosse. Boa criatura, a professora. A magreza certamente lhe adviria do esforço despendido no magistério. Explicava demoradamente as lições – devagar, paciente que só ela; dizia a mesma coisa duas, três, quatro vezes, por palavras diferentes, até alcançar o máximo de clareza ("Compreenderam já? Pois é assim."); os longos braços finos se agitavam, completando e animando a exposição; pelo rosto macilento se espalhava um riso claro, descobrindo-lhe os dentes supostos – riso de simpatia humana. Buço espesso, ressaltando no anguloso dos traços, dava-lhe à fisionomia expressão menos feminina. De um sinal no pescoço lhe brotava um cabelo muito comprido, com o qual eu implicava, a ponto que certo dia lhe perguntei: "Professora, por que é que a senhora não tira esse cabelinho do sinal?" – "Que é isso, meu filho? Que pergunta indiscreta! Um menino educado não deve proceder assim." Uma nuvem gorda, cinzenta, foi-se adelgaçando, a coloração carregada esbatendo-se em tons suaves, fugidios. Começou a alongar-se, a alongar-se, delindo-se-lhe aos poucos o arredondado macio dos contornos, e inesperadamente o vulto esguio da mestra se me deparava aos olhos. Ela mesma. Ali, o braço, traçando no ar desenhos vagos, para dar calor à explicação verbal. O braço, sem tirar nem pôr. Só falta a pulseira – bonita, de prata.

Vinham voltando jangadas da pesca, velas infladas, muito brancas na tarde esmorecente. Os meninos continuavam brincando à beira-mar. Não havia jeito de me interessar pela leitura. Faltava-me paciência para ouvir tudo aquilo, a mim que só aos dezesseis anos conheci o primeiro romance. Meu Pai vivia intensamente o livro. Lia com alma; exaltava-se e entristecia. Às antenas de sua sensibilidade não escapava pormenor de todo aquele tumultuoso mundo de risos e soluços. Ator singular, encarnava à maravilha toda essa multidão de personagens, de figuras humanas tocadas dos sentimentos mais heterogêneos: arrebatadas pela alegria do amor, desvairadas pelo ciúme, enfurecidas pelo ódio, renascidas pela esperança, prostradas pelo desespero. Um como dom de ubiqüidade permitia-lhe estar ao mesmo tempo em tantas almas, simultaneamente viver em tantos corações.

O velho não me deixava ir à praia brincar com os outros meninos, apanhar conchas, fazer castelos. Mal me doía a proibição: eu quase nunca era feliz nos brinquedos com os meus companheiros.

Principiava a anoitecer. Mais lento, agora, o flabelar das palmas dos coqueiros. – "Então o Conde, num gesto arrebatado..." O arrebatamento de Papai-Conde atenuava-se. – "... só depois que passares por sobre o meu cadáver..." A voz de meu Pai, apesar do impetuoso do lance, chegava-me aos ouvidos quase serena, como se contagiado pela doçura da noitinha. O mar, cada vez mais preguiçoso, dir-se-ia querer escutar. O vento soprava mais frio – e o pôr-de-sol me apertava, numa indefinida tristeza, o coração de menino. Enfiava os olhos compridos pela paisagem crepuscular. Sem que o pudesse

exprimir, sentia, vagamente, o ar de meditação que parecia imobilizar os coqueiros e tornar mais doce o murmúrio do mar. Um tom violáceo coloria o céu. Fugia o sol. Nas casas de palha, luzes acesas. Os meninos recolhiam-se para a ceia. Mães chamavam retardatários:
— Cassiano!
— Luís!
— Nhora, mãe, já vou já!
Chegavam da praia, sujos de areia, limpando as mãos na roupa suja.
Boca da noite. A noite encerrava um mistério fundo. Eu ouvia sempre dizer que "cada noite tem seu dono". Um ser fantástico, invisível, reinava sobre a noite.
Papai entrava, com seus dois amigos. Iam ler na sala de jantar.
— Eu entro já, Papai.
Sua mão — aquela mão enorme, poderosa — afagava-me os cachos do cabelo:
— Direitinho, hem?
Eu ficava ali, no largo alpendre da casa — casa de campo —, deixando-me gostosamente envolver aos poucos pela sombra. "Oceano terrível, mar imenso..." Era de uma poesia do *Quarto livro de leitura*. O oceano que eu via nada tinha de terrível. Uma enseada tranqüila como lago. Só em dias de temporal — tão raros! — as águas se estanhavam.
Cricrilavam grilos, nas moitas próximas: e eram as vozes da noite que pegavam a falar.
Ia para dentro. À cabeceira da mesa, forrada com uma toalha branca, bordada (para as visitas) estava meu Pai. Ao lado direito, Seu Domingos; e D. Marinheira à esquerda. A leitura prosseguia, à luz de uma placa de querosene presa à parede. Limitado, agora, o meu raio de ação visual, dava-me a considerar as fisionomias, de

que ainda me é possível recompor alguns traços. Os olhos pretos e miúdos de Seu Domingos tinham um brilho seco, tal como a sua pele trigueira, de mestiço. Riso duro, difícil, que mal lhe descerrava os lábios. Como que punha na fala, descansada, mansa, toda a sua bondade. D. Marinheira – beiços carnudos, sobrancelhas muito juntas. Gorda, alta, branca (talvez da brancura lhe veio o apelido), muito risonha. Uma dona-de-casa de mão-cheia – diziam meus pais. Não tinha filhos. Ouvi certa vez, em casa, que D. Marinheira nascera de bruços e por isso nunca poderia ser mãe.

Daí a pouco, botava-se a mesa para a ceia. Mesa farta e variada, a de Seu Domingos: bolachas, angu, pamonha, cuscuz com leite de coco, tapioca, macaxeira, não raro uns pés-de-moleque. Eu era doido por pé-de-moleque, mas ali comia pouco: é que, ao sair de casa, Mamãe recomendava sempre: "Não vá comer muito na casa dos outros, não, está ouvindo? Costume de casa vai à praça".

D. Marinheira, tão parca em lágrimas, não poupava elogios à sua cozinha:

– Um pedaço de cuscuz, Manuel. Está bom que faz gosto.

– Bom não está – corrigia Seu Domingos, modesto –, mas em todo caso...

– Ora, deixe-se disso, homem... Está uma delícia. Mas eu não agüento mais. Estou por aqui... Um pedacinho? É, vá lá, vá lá...

– E você, menino, que faz que não come? O pé-de-moleque está uma beleza...

Eu olhava a folhinha na parede – o número vermelho – e lembrava-me da escola no dia seguinte, da professora.

"Menino" doía-me como um desprezo. Quando Papai me passava um gato, dizia sempre: "Menino!" Se me acontecia surpreendê-lo, em companhia de amigos, na casa de negócio, contígua à de morada, enchendo o ócio das tardes sem movimento a contar e escutar anedotas menos infantis, logo lhe ouvia a voz crescida acompanhar o braço estirado: "Já para casa! Isto aqui não é lugar de menino, não!".

Agora, longe de me tratar por "menino", Papai me passava ternamente a mão pela cabeça – aquela poderosa mão que me acariciava e puxava as orelhas e dava vinténs para as gulodices e a bênção de todos os dias:

– Isto é um traquina de marca maior...

– Traquina? – estranhava Seu Domingos. – Um menino calmo desse jeito!

D. Marinheira também discordava de meu Pai.

– É, ele sabe fazer das suas: dá unhada e esconde as unhas... Com essa carinha de tolo, quem quiser que vá atrás da tolice dele. Um sabidão...

E pegava-me no queixo.

Papai exagerava o seu tanto a sabedoria, a traquinice do filho; mas, como aquilo era dito em tom de elogio – não me lembra muito bem, mas creio que gostava. Gostava. Ainda me recordo da minha vaidadezinha quando, mesmo em idade mais tenra, ele me gabava a memória – com muito pudor, é certo, porque elogiar os filhos não era o seu forte, ou não era um dos seus fracos. – "Este menino vai longe." – diziam amigos de Papai, para quem memória era grande manifestação de inteligência, senão a mesma inteligência. E eu ria, um risinho estalado, de satisfação. Gostava.

O velho insistia em realçar-me a sonsice:

– É um sabidão, esse songamonga...

E contava proezas minhas.

Lia-se mais umas duas horas, depois da ceia, enquanto eu, cansado de olhar os circunstantes, volvia a atenção para o desenho da folhinha, o relógio, o telhado, onde alguma vez chiavam ratos, ou, então, escutava o surdo marulhar das ondas.

Antes das nove regressávamos, eu e Papai.

– Até domingo. Faltam só três capítulos. Domingo que vem a gente pega de jeito e vai ao fim.

– Até domingo.

Pelo caminho, meus olhos se volviam para o mar, que o crescente ia alumiando com o seu brilho frouxo. Aiava mais triste, na noite densa, aquele mar tranqüilo, parado, sem lendas de naufrágios, de afogamentos, de peixes-monstros. Meu Pai vinha cansado e calado, ainda vivendo, porventura, no mundo de Escrich. O menino sentimental, esquisito, tristonho, tinha os olhos fitos no mar e no retalho de lua errante pelo azul. A semiclaridade do luar não tirava à noite o seu fundo e grave mistério. O cicio das palmas do coqueiral batidas pelo vento mareiro trazia escuras mensagens ao espírito do guri contemplativo. Como que toda a Natureza, àquela hora, dava à luz o imenso mistério que lhe pejava o ventre. O mistério brotava da voz soturna do mar, do tatalar dos coqueiros ao vento, do coaxar dos sapos a distância, do cricrido rangente dos grilos, dos vaga-lumes que palpitavam na sombra, até das palhoças dos pescadores, alumiadas pela chama dançante das candeias. O dono da noite andava rondando, incansável, invisível, dentro da noite.

Papai continuava mudo, vivendo todas aquelas vidas, sobraçando o volume do romance como quem conduzisse um mundo. Meus sentidos se abriam, como uma flor, para outro mundo, estranho, imenso, misterioso.

"Cada noite tem seu dono..."

1939-1941

FILHO E PAI

A Raul Lima

1

Despertamos com a voz mansa do velhinho:
— Bom dia. Dormiram bem?
Seis da manhã, e estávamos no melhor do sono. A temperatura, elevadíssima, só pela alta madrugada começara a abrandar, deixando-nos dormir. Mas a fala do velho era tão doce que nos convidava a conversar com ele:
— Bom dia, Seu Barreto. Muito bem, obrigado.
Seu Barreto caminhava macio, nas suas alpercatas de couro cru. Um botão de osso, agressivamente pontudo, prendia o colarinho da camisa sem gravata. Um bonezinho preto cobria-lhe as farripas encanecidas. Segurava entre o fura-bolos e o mata-piolhos da mão esquerda um rolo de fumo, que picava com uma cacerenga, deixando cair os fragmentos na palma aconcheada.
— Dormiram bem mesmo, ou é bondade de vosmecês?
E só para o meu companheiro, como se eu não estivesse ali:
— Pois olhe, Doutor, para quem está acostumado, este calor é um pau pelo olho; mas quem vem de fora reclama de pagode...

– É – arrisquei, forçando a atenção do homem –, mas sempre se agüenta bem.

Meu amigo esfregou os olhos, escancarando a boca em bocejos imensos; mas Seu Barreto era chegado a um bate-papo:

– Ah, Seu Doutor! Este mundo... O Doutor, que é um homem lido e corrido, deve conhecer muita coisa da vida. Mas é muito moço ainda, e há certas coisas que só o tempo ensina. Há muita maldade neste mundo, Doutor. Ai, ai...

Suspirou fundo. Sacou do bolso uma mortalha, de palha de milho, espalhou nela o fumo:

– Ai, ai, Seu Doutor... Este mundo... Não fuma?

– Não, muito obrigado, Seu Barreto.

O velho lembrou-se da minha existência:

– E o senhor?

Eu também não fumava.

Enrolou bem a mortalha, umedeceu-lhe com a língua uma das extremidades:

– Pois é como lhe digo, Doutor: este mundo...

2

Chegáramos na véspera à vila sertaneja de P., no Estado de... Ia dizer X, que é um dos sinais de incógnita; mas invertamos as praxes matemáticas: ponhamos A.

Fora excelente a viagem, rio acima, feita em canoa, que de tão grande era verdadeira barcaça. O livre contato com a natureza acendia-nos o apetite, e a feijoada de bordo, mesmo sem legumes – a couve, o quiabo, o jerimum, o maxixe, infalíveis em feijoada nordestina –, era devorada com sôfrega delícia. Nas duas noites de travessia, cantávamos às estrelas, que não havia lua – meu amigo e companheiro Dr. João Carlos da Rocha, os tripulantes e eu. Salteou-nos, a meio caminho, um ameaço de tempestade, dando à excursão certa nota de romanesco perigo. Mas logo no dia seguinte rebentou um sol esplêndido, e a nossa vista pôde espraiar-se pela amplidão do São Francisco, reverberante à viva claridade. Atentávamos, aqui e ali, nos vestidos de colorido forte das lavadeiras, cujas fisionomias a distância não permitia distinguir. Cantavam cantigas que o vento nos trazia aos farrapos, de envolta com o fofo bater da roupa nas pedras. Não passava muito tempo sem que uma vilazinha ou cidade marginal surgisse aos nossos olhos. O dono da canoa, mesmo a hora de refeição, estava sempre ao leme, governando. Uma das mãos na comida, outra no timão. O que levava o meu amigo, dado aos trocadilhos, a comentar: "Tipo do governo desonesto: governa e come...". E soltava uma gargalhada das suas, saudável e atroante. Dormíamos em beliches toscos, sobre tábuas revestidas de magra esteira. Não seria viagem confortável; mas divertida era. Divertida e por vezes poética. Valia a pena ver cair o sol, tremeluzir no alto as primeiras estrelas. Os últimos pássaros que em bandos ruidosos cruzavam os ares emudeciam; o céu, depois de incessante transmutação de cores, estadeava um azul profundo e nítido; as ondas, cada vez menos crespas, faziam-se quase imperceptíveis. Rio e céu; não raro, borrões negros de terras longínquas: e a quilha cortando água oferecia-nos, na espessidão do silêncio, intensa nota de vida.

3

Enfim, chegáramos. Recebera-nos bem o Coronel Brício Barreto, chefe político local, constituinte do meu amigo. Acusado de crime de morte, o Coronel mantinha-se tranqüilamente em casa, enquanto do livro de assentamentos da cadeia constava a sua reclusão. Como fosse coisa de meio-dia, não tardou que um vasto almoço povoasse a mesa do anfitrião – mesa patriarcal, muito longa, cuja cabeceira só por alta distinção o homem cederia a alguém. Cedeu-a, nesse dia, ao jovem advogado. A família do chefe, só por si, era um mundo: mulher e ampla filharada, e, ainda por cima, pai, irmãos, netos, vários sobrinhos, primos... E outras muitas pessoas tomavam parte no banquete: o promotor, o juiz municipal, o engenheiro da estrada de ferro, o subdelegado de polícia, o carcereiro, soldados de lenço vermelho ao pescoço, a farda negligentemente desabotoada... E a casa apinhada de gente à espera de novas mesas. Outros soldados se espalhavam pelas salas, pelo corredor, quase todos de chapéu na cabeça, numa familiaridade insólita, que o Coronel não permitiria a mais ninguém, e, se a eles permitia, era porque precisava dos seus serviços. Em vez do cáqui habitual, trajavam de brim pardo; suas fardas assemelhavam-se às dos bandidos, para destes não se distinguirem, na caatinga. Eram da força que combatia Lampião.

A conversa fragmentava-se em grupos. O Coronel seria julgado à tarde. A certa altura, diante do meu amigo, que lhe monopolizava quase a atenção, assumiu um ar patético:

– Ah, Doutor! Eu só sinto é uma coisa neste mundo: é ser acusado por um crime que não pratiquei. Mas Deus está vendo!

Olhei para a vítima. Nem uma contração na face terrosa. Uma iluminada, uma cristã serenidade de mártir. As filhas moças (a uma das quais o advogado começava a deitar olhares ternos), a mulher, os meninos, todos atraí-

dos pelo conteúdo e o tom das palavras do homem, todos o fitavam. E o pobre repetia, com os olhos para a telhavã, em demanda do céu:
— Mas Deus está vendo!
Entretanto — talvez ali ninguém o ignorasse — não era falsa a acusação: o Coronel não fizera o serviço, porém mandara fazê-lo, "serviço bem-feito".

4

O júri só principiou à noite, à luz de placas de querosene. Demorou muito: o escrivão arrastava penosamente as palavras, topando a cada sílaba, quase caindo ao peso da carga. A acusação foi rápida e camarada. Na defesa, o meu companheiro ocupou-se algum tempo da euforia que a viagem lhe causara, deitou razoável erudição sobre o São Francisco, o "Nilo brasileiro", que, como o rio histórico, "deixa pelas terras ribeirinhas, quando das cheias, o mesmo limo fecundante, abençoado, semeador da fartura nos lares e da felicidade nos corações"; que, "como o imenso e sagrado rio de tradição milenar, muda de coloração nas diferentes épocas do ano...". Da imaginação do advogado saiu um São Francisco azul, um São Francisco vermelho... — não ficando o nosso rio, neste particular, abaixo de seu êmulo estrangeiro. Falou de outras coisas — até do crime. Pelo fim da peça, curta e de muitíssimo efeito, um baque estremeceu a sala exígua, o soalho gretado e cuspido, e oscilou a chama dos candeeiros: caíra do bolso do paletó o revólver que o réu trazia. Mas um silêncio de compreensão reinou súbito no ambiente, o juiz baixou os olhos, na sua impassibilidade de representante da justiça. A esta, que é cega, achou decerto necessário suprimir também o sentido da audição. O réu curvou-se um pouco, sem sobressalto, apanhou a arma. As palavras do advogado, que não se interrompera, ainda flutuavam no ar:

– Absolvei-o, pois, senhores do conselho de sentença, a fim de que possais fitar de frente, com a tranqüilidade dos justos, o sol que dentro em poucas horas voltará, glorioso, a iluminar a face da terra!

Nesse momento, a um canto, o subdelegado, um sargento de polícia, contava da prisão do Coronel – só nos livros de assentamentos da cadeia.

– E quem quiser que abra o bico, para ver com quantos paus se faz uma canoa! – acrescentou. – Comigo é assim.

O soldado Raimundo – preto retinto – narrava, com sereno brio, trechos de façanhas praticadas contra coiteiros de Lampião. Trechos seletos, antológicos: a um deles, por exemplo, arrancara as unhas de uma das mãos, calmamente, vagarosamente; a outro extirpara o olho direito... E ria, um riso mastigado, pondo à mostra dentes muito brancos:

– A vorta comigo, já sabe: escreveu não leu... Quem não gostar vá-se queixar à mãe do bispo...

O bravo Raimundo, de olhos parados e frios, tinha sido um dos colaboradores mais dedicados do Coronel na obra de extermínio. Fora uma tocaia "bonita", na vila mesmo, perto da casa da vítima. Noite escura. A coisa saíra melhor do que a encomenda. Não se fizera preciso o trabalho direto do Coronel: homem de bem, de mãos limpas, como eloqüentemente frisara o engenheiro em ligeiro brinde, ao almoço, limitara-se a ditar as ordens. As operações realizaram-se com o melhor êxito. Dos tocaieiros, Raimundo era aquele que sangrara o homem, depois de metodicamente baleado pelos outros. Devia ser uma nobre, fina tarefa, essa de sangrar, reservada ao digno preto: referia-se o caso e apontava-se o herói com entranhada admiração; choviam sobre ele olhares babosos.

5

Ia por meia-noite quando o juiz mandou evacuar a sala para se proceder ao julgamento. O advogado teve com os jurados um entendimento mais ou menos amistoso, determinando, por evitar dúvidas, as bolas que deveriam deitar na urna. Auxiliava a justiça na sua árdua tarefa. Parece que, ante a relutância de um, com fumos de independente, falou português claro:

– Faça o que estou lhe mandando, meu velho, que o negócio aqui é na espingarda!

Tanto é certo que nem sempre se pode trabalhar em prol da justiça sem relativa dose de energia.

6

Absolvido por unanimidade, o réu voltou para casa, com enorme acompanhamento, ao pipocar de foguetes e à luz de fogos-de-bengala, que anulava a soturna claridade dos lampiões. Ao passar pela residência da família inimiga do Coronel, o advogado, cauteloso, puxou o seu alentado trinta-e-oito, carga dupla. Talvez não fosse preciso, mas...

– Pelo sim, pelo não...

7

Houve ceia, que entrou pela madrugada, até quase as duas. Todos celebravam a vitória. "A vitória da moral e da justiça", nas palavras do juiz municipal, quentes de entusiasmo, por ocasião do brinde, a vinho do Porto. Brinde em que ao magistrado sucedeu o engenheiro, agora bem mais inflamado que à hora do almoço, quando apenas "prelibava" o triunfo. Com apreciável consumo de mitologia, história, palavras campanudas, e gestos largos e trêmulos, buscava compensar o acanhado da estatura. Nem lhe esqueceu voltar às mãos limpas do Coronel, adicionando à limpeza novos atributos, enquanto as suas próprias mãos tremiam comovidas. O São Francisco, já glosado no júri pelo advogado, ressurgiu, inundante, tratado valentemente a tropos de retórica. O engenheiro queria abafar: "O São Francisco, esse boêmio, que nos traz o abraço das Minas Gerais, cantando no bandolim das areias...". Palmas frenéticas. O advogado agradeceu, com brilho, em nome do homenageado.

O soldado Raimundo lá estava à mesa, no lugar de honra a que fazia jus como o homem que sangrara. Colegas seus também lá se viam, sentados, creio, pela ordem de importância dos serviços prestados. Bebia-se à larga. Incansável, o Coronel desmanchava-se em gentilezas. Ria-lhe o contentamento pela cara espapaçada. Meu amigo, prestigiadíssimo. Eu, simples companheiro de viagem, que não fora apresentado como doutor, embora estivesse no penúltimo ano do curso, era tratado com ligeiro ar de resto.

8

Estávamos, pois, muito moles de enfado, quando o bom-dia de Seu Barreto nos despertou. Diabo! Assim de manhãzinha, com uma aragem tão fresca e a rede tão macia! Mas o homem gostava de conversar.

Acendeu o cigarro, tirou uma tragada, ficou mirando a fumaça espiralante que lhe saía pelo nariz.

– Que é que tem o mundo, Seu Barreto?

– Nada não, Seu Doutor.
Parou. Novo suspiro:
– Eu só estou pensando como é que botaram esse crime para cima do meu filho Ioiô. Coitado! Ele está inocente, Doutor. Por esta luz que nos alumeia! Bem que o júri livrou ele. Deus está vendo. Por causa de Ioiô nunca havera de vir nenhum mal à Terra.
Descansou um pouco. Tossiu:
– Os senhores fiquem sabendo duma coisa: nunca ninguém poderá saber de quem foi esse crime. O homem tinha muitos inimigos...

9

Saímos antes do almoço, a conhecer os arredores. A vila escaldava, à luz mordente, cáustica, metálica, de um sol de dezembro. Circundada de pedra em grande parte, parte edificada sobre pedra, o calor rebentava dessa pedraria, escandescente como de uma forja. Ventava regularmente; mas era um bafo cálido, que, longe de minorar, agravava o calor. Estendia-se dentro de casa, para enxugar, uma veste suada. Enxugava depressa, e quando íamos vesti-la estava quente como se saísse naquele instante de um ferro de engomar. Essa temperatura de inferno parece que abrasava o sangue aos homens, acendendo-lhes ânsias de destruição de vidas. Por toda parte se falava de crimes. Como que procuravam descarregar sobre os semelhantes as recalcadas raivas à natureza adversa.

10

À hora do almoço, ia animada a conversa, quando o Sr. Brício, sereno como sempre, sem uma contração na cara terrosa, empalamada, fitou os olhos pretos e frios no meu companheiro, que tinha os seus disfarçadamente presos aos seios altos da filha do Coronel:

– Ah, Doutor, eu já vivia doido de tanta emboscada que botava naquele homem. Era de dia e de noite – e nada! Felizmente os cabras me fizeram um serviço limpo, graças a Deus.

Observei o Coronel: o rosto era o mesmíssimo do dia anterior, de quando protestava a sua inocência, invocando o testemunho divino. Piedoso homem! Graças a Deus!

11

À noite o meu amigo conversava liricamente, à janela, com a filha do Sr. Brício, nas barbas do homem. Apenas, é claro, guardava certa distância, não muito de seus hábitos. A moça, graciosa de seu natural, tinha na fisionomia e nas maneiras uma doçura amável; e o sorriso, belo, mais belo se fazia à ação das finezas namoradas do seu admirador.

12

Era de embasbacar o prestígio do meu companheiro. Uma circunstância concorria poderosamente para o dilatar: ao lado de suas funções de causídico, o Dr. João Carlos da Rocha desempenhava, nessa viagem, missão política, como pessoa da confiança do governo. Ia agitar a candidatura de um dos irmãos do Sr. Brício a prefeito municipal.

Esse irmão do Coronel, democraticamente conhecido por "Sinhozinho", já antegozava as delícias do poder.

Tinha por certa a vitória – "Governo não pode perder eleição, hum!" – e desancava o prefeito da vila. O Doutor que visse com os próprios olhos: a Prefeitura não tapava os buracos da rua (e apontava um trecho esburacado, em frente à sua própria residência), não aumentava os lampiões da iluminação pública, não fazia nada, e era só arrochando o povo com impostos e mais impostos – uma calamidade! O orçamento já subia a mais de vinte contos, e o povo não recebia nenhum benefício.

– Há muita coisa para se fazer, Doutor. Esse cabra que está no poleiro só quer mesmo comer, com a cambada dele. É importante que só ele. Parece que tem o rei na barriga. Quem foi Naninha!... Filho de um sapateiro, o finado Inácio. Muita apragata eu calcei feita pelo velho. E hoje o filho é o que se vê. É um roço que nem interventor. E anda enchendo que vai-se candidatar. Ele está pensando que eleição é nomeação. Mas deixe estar, Doutor, que o cabra vai abaixo. Tão duro como osso, hum! Ora se vai! É só vosmecê dar as ordens, em nome do governo, e a coisa sai que sai uma beleza. Hum!

O advogado balançou a cabeça, aprovativo:

– Muito bem! Isto é que é preciso: energia. Energia e disciplina partidária. Sem isto a causa estaria perdida, e seria uma desmoralização para o governo...

– Nem diga essa palavra, Doutor! Governo aqui não perde um voto, nem um, para meizinha.

E, com um sinal de parada, a mão direita estendida, em posição vertical:

– Deixe estar, Doutor, fique descansado. Aqui a gente corta por onde o senhor riscar. Oposição aqui come da banda podre. Hum!

Pelo curto convívio com Sinhozinho pude concluir que certos planos inconfessáveis se ocultavam, em geral, por detrás desse "hum!", tão do seu jeito e gosto, quase

a sua única interjeição. Em nosso regresso, Sinhozinho nos acompanhou: vinha à Capital cuidar de negócios e, talvez sobretudo, a assuntos políticos. No percurso, feito a caminhão, viam-se aqui e ali, à beira da estrada, cruzes fincadas no solo. Os mortos, vítimas de tocaias, tantas vezes por questões de terras, tinham naqueles ermos um verdadeiro latifúndio para os ossos. Sinhozinho indicava as cruzes e, com a sua voz pachorrenta e nasalada:
– Aqui... quebraram um!
– Mataram, foi? – indagava eu, como se quisesse fugir à evidência.
E Sinhozinho, esboçando uma risada:
– Hum!

13

Seu Barreto ainda uma vez nos acordara, no dia da nossa partida; e ao cumprimento matinal sucederam as mesmas palavras:
– ... Deus está vendo... Nunca ninguém poderá saber quem foi: o homem tinha muitos inimigos...
A voz apagada, o gesto manso, uns olhos muito brandos no rosto sem carnes, Seu Barreto era a bondade em pessoa.

1939-1941

ZÉ BALA

A Daniel Pereira

1

Amarrou o cavalo e se deitou à sombra do bambual que marginava o rio. A touceira rumorejava, batida pelo vento, cujo sopro arrepiava de leve a superfície das águas. Árvores entrelaçavam-se, de uma a outra margem, no trecho fronteiro à moita: aí, a água era fria de doer.

Zé Bala espichou-se todo, bocejou, quis pegar no sono. Uma lassidão boa o convidava a ficar ali, dormindo, esquecido de tudo, naquele manso conchego de sombra e vento. Mas o convite do banho era mais poderoso. Levantou-se, com um novo abrir de boca. Tirou a camisa de madrasto, que usava por fora das calças, libertou-se destas, guardou no bolso a ponta de cigarro conservada atrás da orelha.

À beira do rio molhou a mão direita, fez o pelo-sinal. Foi entrando lento, lento, procurando acostumar-se à temperatura. Um mergulho para espantar o frio? Vontade, muita; mas coragem – onde? Por fim, já com água pela cintura, mergulhou.

Com encanto de menino olhava a dança dos retalhos de sol na superfície líquida, quase imóvel naquele ponto.

– "Ainda preciso lavar o cavalo, que o Coronel está espe-

rando. Mas tem nada não: é só um tiquinho mais. Saio já."
Água gostosa. Fazia uma semana, ou mais, que Zé Bala não tomava banho: rio distante de casa, e ânimo pouco para subir e descer tantas ladeiras. A Noca, sua mulher, não se cansava de xingar: "Preguiçoso, malandro! Vai-te lavar, para acabar com esse cheiro de azedo, com essa inhaca desgraçada. Tu sois parente de bode, coisa ruim?". Mas Zé Bala pensava na distância, nas ladeiras, no esforço, e desanimava. – "E de mais a mais – dizia – de sujo ninguém morre." Só se resolvia a empreender a excursão quando, alguma vez, o Coronel Morais lhe dava o cavalo para lavar.

Preguiça dos diabos. Zé Bala entrou a boiar, de olhos fechados, num inteiro relaxamento de músculos. Maravilha. A água amolecia-lhe o corpo. Invadia-lhe as narinas um cheiro vivo de mato. Vozes macias de lavadeiras, no porto vizinho, ritmadas pelo bater seco da roupa nas pedras, chegavam-lhe aos ouvidos, macias como acalanto:

> Triste vida a de quem anda
> fora do seu natural:
> se um dia, dois, passa bem,
> quatro, cinco, passa mal.

Do alto da ramada, a jeito de acompanhamento, vinha o canto amável de um sabiá. Depois, outra das vozes humanas subia, não para cantar as tristezas de quem vive em alheias terras, "fora do seu natural", mas para dizer do cativeiro do amor:

> O amor é uma cangalha
> que se bota em quem quer bem;
> quem não quer levar rabicho
> não tem amor a ninguém.

O animal pastava, sem gosto, lançando ao caboclo, volta e meia, olhares de advertência.

Zé Bala emergiu do torpor, foi saindo, sempre devagar. Tinha de lavar o cavalo. Mas onde coragem? Devia ser bem tarde. Iria com ele assim mesmo: era melhor. Mentiria ao Coronel. Montou, saiu a trote. Passou uma ponte e, ao começar a subir a ladeira, deu de cara com João Milonguê, companheiro velho, que bebia no quiosquezinho de Seu Juvêncio, à beira da estrada.

– Desapeia, rapaz. Uma limpazinha! Está uma beleza...

Paradas dessas o caboclo não enjeitava:

– Homem, eu estou vexado. O Coronel Morais deve estar canso de esperar por mim com o cavalo. Vai ficar tiririca. Mas tem nada não: é um minutinho só.

– E apois! Quem foi que já viu você com vexame! Um cabra chegado ao pé da imbaúba que nem você! E faz muito bem: vexame é doença... Vamos beber.

Os olhos de Milonguê brilhavam demais: o preto estaria meio tocado. Levantou o copinho:

– Bate aqui, camarada.

E recitou, de voz trôpega:

> Maçara, maçaranduba,
> maçaranduba, maçara;
> o ovo tem duas partes:
> uma é a gema, a outra a quilara;
> uma é branca e pegajosa,
> a outra é mole e amarela;
> ah! o beber não é nada,
> arrepetir é que é ela...

Ia Zé Bala emborcando o cálice esbeiçado que Seu Juvêncio lhe passara, quando as banhas do bodegueiro se agitaram para um aviso:

— Espere aí, homem de Deus. A cachaça está suja. Parece que foi um mosquito que caiu dentro. Vou botar outra.

O malandro coçou a cabeça, um risinho amarelo mostrou-lhe a ruína dos dentes:

— Ora, para que esse trabalho! Tem nada não, Seu Juvêncio: sai na urina. Triste do bicho que outro engole.

E bebeu de um trago só, com uma careta, seguida de cusparada que deixava ver a língua apertada entre os lábios – a cusparada clássica do porrista.

Aquilo não era nada para Zé Bala. Recavalgou o animal, prosseguiu no seu trote descansado.

O Coronel já o esperava, impaciente, à porta de casa, tabica em punho:

— Que demora foi essa?! Cabra malandro, preguiçoso, vagabundo! Então eu mando você lavar o cavalo, e você fica manzanzando e me chega aqui a uma hora destas! Que é que você está pensando? Não sei onde estou que não lhe passo a tabica, seu sem-vergonha!

Zé Bala queria abrir a boca, iniciar a explicação: não podia. Melhor, mesmo, deixar o homem dar vazão à raiva, desabafar. Tinha experiência.

— Sem-vergonha! Você está fazendo pouco de mim, cabra? Pensa que mijo de padre é santos-óleos?

— Mas, Coronel, Deus me livre e guarde...

Ainda não era oportuna a defesa. O Coronel ia arrematar a acusação. Ia perorar:

— A culpa é minha. Minha e do pessoal de casa. Quem se mete a lavar cabeça de burro com sabão, é isso mesmo: perde o sabão e o tempo.

Então o réu pegou a coçar o queixo, a barba falhada, onde apontavam fios brancos, desceu a cabeça e os olhos. Nos olhos baixos, uma humildade de fazer dó. O Coronel bem sabia: a culpa não era dele. O rio ficava muito longe, no fim do mundo, e ele não queria maltratar o cavalinho, um animal de estimação. Custava, mas em compensação lavava o bicho direitinho, e vinha devagar, para não estrompá-lo...

O cavalo, amarrado junto à calçada, babujava uns talos de grama. O dono olhou-o, aproximou-se dele. Porém Zé Bala já se achava disposto a confessar a verdade. Faltava-lhe energia para mentir:

– Coronel, me desculpe. Eu já ia dizer tudo como se passou. Estava sentindo já um peso cá por dentro. Doutra vez eu não faço isso mais não, mas a verdade Deus amou. Eu não lavei o animal, não, Coronel.

E com a sua fala remorosa, meia gaguejada, contou da demora no banho, da preguiça, de como a água estava gostosa, tão friinha! Havia tamanha sinceridade no tom de languidez do seu narrar, falava de tal maneira da sombra doce, do vento bom, da água fria, friinha, que – era um dia danado de quente – o outro chegou a desejar aquele banho, o agasalho fresco do bambual, e compreendeu a preguiça de Zé Bala. Foi-se-lhe desfazendo a carantonha de raiva, e ao cabo da defesa (– "Ah! só mesmo vosmecê vendo, Coronel...") ele ria, sem querer, e era sem poder abafar o riso que se dirigia agora a Zé Bala:

– Vá botar o cavalo na estrebaria, seu grandessíssimo malandro. Almoce e vá lavar depois. E não me faça mais outra, ouviu?

Lá dentro, a mulher do Coronel Morais tinha guardado o almoço de Zé Bala: uma boa feijoada, com tudo o que é de verdura. Prato diário do Coronel. – "Comida de homem é feijão." – dizia. Zé Bala comia de lamber os beiços.

O caboclo era estimado ali. Se a sua malandragem fazia raiva algumas vezes, de costume dava ocasião ao riso, e o riso provocado por umas "proezas" anulava o

aborrecimento causado por outras. O jeito de se desculpar, a fala arrastada, histórias que contava – tudo isso atraía a Zé Bala a simpatia de Donana, do próprio Coronel e da filha única do casal, a Doralice, já mocinha.
— Zé Bala, você bebeu hoje?
Quer negar: não sabe. Coça a barba, e com um riso amarelo sai-lhe a confissão:
— Dona, para dizer que não bebi... eu bebi. Mas foi um tiquinho só.
— Um tiquinho aqui, outro ali, com pouco está nas águas... – disse a menina.
Donana aconselhou-o: devia deixar de vez aquele vício; além de preguiçoso, com a mania da cachaça! Era demais.
— Tome jeito de gente. Cuide de trabalhar para sua mulher e suas filhas. Lembre-se que é um pai de família.
Zé Bala bebia sempre. Mas os seus pileques, pouco freqüentes, a princípio davam só para falar muito, dizer tolices. Ultimamente, porém, chegava a inconveniências: cantava em alta voz e fazia ligeiras bravatas. Fosse como fosse, não passava do pobre-diabo que toda a cidade conhecia.
— Sim, Zé Bala, me conte: como vai a Noca?
— Vai bem, dona, vai bem, com os poderes de Deus. As meninas? Também.
— Você gosta da Noca?
— Gosto, nhora sim, dona. Pois não havera de gostar! São duas coisas boas que Deus botou neste mundo: a Noca e a aguardente.
Coçou a cabeça:
— O que a Noca tem é uma ponta de gênio, dona! Por um tantinho assim (e encosta o polegar perto da extremidade do indicador) salta com quatro pedras na mão, que não tem que ver uma jararaca. Nossa Senhora!

— Zé Bala, ela dá mesmo em você, quando está nos seus azeites?

O risinho amarelo:

— Vosmecê bem sabe, dona: a Noca é muito braba...

Em casa do Coronel Morais troçavam muito de Zé Bala. Comodista, ele costumava ocupar os assentos mais confortáveis. Um dia Donana armou-lhe uma cilada: tirou fora um dos paus que prendiam nas extremidades o pano da espreguiçadeira da sala de jantar. Zé Bala entrou, pôs-se a falar além da conta — tinha tomado uma bicada mais forte — e foi sentar-se com todo o corpo. Quando viu, estava de pernas para o ar, as nádegas no chão. Donana, o Coronel, Doralice, até a criada riam-se a valer.

Toda a gente gostava de brincar com Zé Bala, de explorar-lhe a indolência e a fraqueza. As pilhérias, não raro, eram das mais pesadas:

— Zé Bala, os filhos da Noca são seus?

Coçava a barba rala, devagar, sorria:

— Homem, eu sei...

A Noca era uma mulata desempenada, olhos vivos e cadeiras amplas, ainda no vigor dos seus trinta e cinco anos. Mulher resistente, de bom calete. Muito conhecida como engomadeira.

Por mais de uma vez Zé Bala ouviu comentarem: "Ora vejam só este mundo como é: um pedaço de mulher como a Noca, e trabalhadeira, ainda por cima, amarrada a um traste daquela espécie... Só mesmo castigo...".

Dissessem o que entendessem: quem é que podia com a língua do povo?

2

Nesse dia, após deixar o cavalo, já lavado, na estrebaria, o caboclo dirigiu-se a casa. Dera-lhe o Coronel dez mil-réis, como presente de festa – faltavam dois dias para o Natal –, e uma folhinha para o ano novo; e Donana oferecera à Noca um espaventoso vestido de chita de florões. Zé Bala ia feliz. Trabalhava pouco, muito pouco, mas sempre lavava um cavalinho, dava um recado, fazia uns serviços caseiros por ordem de Donana, e com isso ia conseguindo as coisas, com a graça de Deus.

Em casa encontrou um temporal formado. Mal foi entrando, a Noca soltou:

– Tu estás vendo o Milonguê? Lá vai ele ali...

O negro ia a pequena distância, todo de branco. Era sábado – e nas tardes de sábado usava vestir uma fatiota de saco de farinha-do-reino, dura, bem passada a ferro, para fazer as suas conquistas. Até domingo era naquele trinque; não tirava por menos. Roupa branca, os pés metidos em sapatos da mesma cor, que, como engraxate, ganhava dos fregueses, os dentes alvíssimos brilhando-lhe na cara de um preto retinto, Milonguê punha em rebuliço o coração de muita crioula e mulata da terra. E por causa de amor e de cachaça metia-se em brigas, e contraíra, entre outras, uma inimizade bem perigosa – a do Gigante, canoeiro, mulato forte, de músculos sólidos, desenvolvidos no exercício constante do remo.

Zé Bala via Milonguê caminhando, todo pelintra. A Noca estava fula de raiva:

– Pois tu sabes o que aquele negro fez? Passou por aqui tomando deforetes comigo, como se eu fosse mulher-dama. Eu disse o diabo a ele, mas o peste nem se deu por achado. Me prometeu vestido de festa, disse que eu era uma mulata bonita...

Tomou fôlego:

– Homem, eu nem quero me lembrar... Acabou dizendo que hoje vinha dormir comigo! Mas isso é a falta de um homem em casa. Pois eu, que sou uma mulher de respeito, não vivo com os dentes no quarador, me enxerindo com diabo nenhum, passa um negro safado daquele, cheio de regras, se enchendo de gosto comigo! Mas o boi sabe onde arromba a cerca. Se ele visse que eu tinha um homem para me defender, ele não se atrevia, que não estava doido.

Zé Bala ouvia, coçando a barbicha, num silêncio que desesperava a Noca.

– Mas doutra vez quem dá um ensino naquele relaxado sou eu! Não tenho quem me defenda, me defendo eu mesmo. Casa que não tem homem é isso. Deixa-te estar, negro sem-vergonha: um dia é da caça, outro do caçador!

Foi até a porta da rua, apanhou o ferro de engomar exposto ao vento, sobre uma grelha. Depois de agitá-lo bem, soprou, deitando fora a cinza. Com a ponta do dedo umedecida na língua tocou rápido na chapa lisa e espelhante, experimentando a temperatura. Colocou-o sobre um tijolo, na mesinha onde engomava.

Olhou para as meninas: a Teresa e a Das Dores. Esta já ia pelos treze anos, os seios apontando. Encheu-se de tristeza, que lhe baixou a voz:

– Ah, meu Deus! Só penso na minha situação, com duas filhas, uma já tomando jeito de moça, e sem ter em casa um homem para ensinar a esses atrevidos o caminho do bom-viver.

Passou um pano com água de goma sobre uma calça branca:

– Mas Deus há de me dar força para defender a minha casa.

A voz da mulher ora subia, ora descia, carregada sempre de indignação.

Aos ouvidos de Zé Bala, a breves espaços, aquela palavra: *homem*. A Noca só fazia queixar-se da falta de um homem para defendê-la, defender as filhas, defender o lar. Falava das meninas, desamparadas, sujeitas a cair, um dia, na vida fácil, arrastadas por qualquer sedutor que aparecesse, aproveitando-se da fraqueza de Zé Bala. Era o diabo. Na Rua dos Pecados, onde moravam, havia muitas mulheres à-toa. Vida miserável, a que levavam. Zé Bala pensou que suas filhinhas não haviam de chegar a semelhante situação; Deus o livrasse. Gostava delas. Da sobra das refeições em casa de Donana trazia sempre alguma coisa para Noca e as meninas. Não fossem estas, e talvez a preguiça não lhe desse ânimo para lavar o cavalo e fazer outros serviços para o Coronel e a família.

"Mas isso é a falta de um homem em casa..." "Um homem..." Aquilo começou a atenazar o caboclo. Buscava distrair-se, pensar noutra coisa. Milonguê estava fumado.

– Ô Noca, deixe de bobagem, não se aperreie com essas histórias, não. Isso foi porre do Milonguê. Se ele estivesse no natural dele, não fazia isso.

Noca não se conformava. Porre coisa nenhuma! E que fosse! Cada um que bebesse a sua cachaça e... Negro releixo! Bem que se dizia: negro quando não suja na entrada suja na saída. O que lhe faltava era um homem dentro de casa.

"Um homem..." Zé Bala diligenciava mudar de assunto:

– Olhe aqui, Noca, que o Coronel me deu: uma folhinha e dez mil-réis em dinheiro. Ah, homem bom, o Coronel! Bom sem tacha. Como aquele nunca vi. E um vestido que Donana manda para você. Olhe aqui, também. Fazenda bonita, não é?

A mulher não queria saber de nada:

– Deixa isso aí.

– Das Dores!

A pequena estava no quintal, brincando com a irmã:
— Inhô!
— Traz o martelo e o prego, minha filha!
— Já vou já, pai!
— Venha logo, menina... — pediu Zé Bala, quase com humildade.
— Eu?! 'Tou bem de meu! Quem corre cansa...
Foi preciso a Noca intervir:
— Que é que estás dizendo, atrevida?!
A pequena saiu correndo, de medo, a atender o pai, enquanto a mãe rosnava:
— Isso é lá homem! Ser pai nessas condições! Tibe!
Zé Bala pregou o cromo — uma mocinha loura, de cachos, afagando um gatinho branco — na parede sem reboco, que em certo trecho mal deixava ver o barro, coberta de cromos de anos anteriores e estampas de santos — bem no centro uma de S. Sebastião, todo trespassado de setas:
— Bonita, não é, Noca?
— Eu quero lá saber de folhinha!
Continuava a queixar-se; agora resmungava:
— Tudo isso é a falta de um homem nesta casa.
"A falta de um homem..." Zé Bala procurou afastar-se, para não ouvir falar nisso. Mas já não lhe adiantaria afastar-se. Foi até o quintal. As meninas brincavam no chão com bonecas feitas de trapos. Tinham ajudado à mãe nos trabalhos domésticos: a mais velha já trouxera a água da fonte; a menor abanara o fogo, fizera servicinhos maneiros. Agora se distraíam com as bruxas. O Natal chegaria sem outros brinquedos.

Zé Bala derramou os olhos sobre as filhas. Milonguê desrespeitara-lhe a mulher. Uma coisa assim nunca se dera. Verdade que ninguém tinha visto: a casa ficava a certa distância das outras, e não havia movimento na rua àquela hora. Felizmente; se não, a vergonha seria maior. Assim como assim, desrespeitara. Viria dormir com a Noca. Mas estava bêbedo. Naturalmente aquilo ficaria em conversa. Daí, quem sabe! Mulher de Zé Bala... Milonguê era seu amigo. Ora amigo! O que mulher não fizer... E a Noca era uma mulher bem boa, capaz de acender desejos. Agora, mais do que nunca, ele dava pelos encantos da Noca: as cadeiras largas, os braços cheios, as pernas roliças, bem torneadas... Um peixão. E ele não sabia dar-lhe valor. Não sabia impor-se como marido – e um Milonguê... Milonguê queria gozar a Noca, conhecer os possuídos da mulher de Zé Bala. Nunca lhe passara pela cabeça a idéia de a Noca ser doutro homem. E a idéia, agora, doía-lhe fundo. Negro cachorro! A Noca nos braços daquele tição! Ele, Zé Bala, desmoralizado. Os moleques da rua: "Olha esses chifres, Zé Bala!". Desmoralizado! Tantas desfeitas que Zé Bala sofria – e só agora compreendia o sentido dessa palavra. Desmoralizado! Corno! O Milonguê fazendo dele gato-sapato! E amanhã, que não seria das meninas também, quando crescidas? Se ele fosse outro, se tivesse coragem, se fosse *um homem*, iria tomar satisfações com Milonguê. Mas qual! Zé Bala tomar satisfações com alguém! Zé Bala só tinha nome, coitado! Zé Bala! Por que lhe haviam posto o apelido? Naturalmente por mangação: nada menos semelhante à bala do que ele, vagaroso e inofensivo. Zé Bala. Toda a gente fazia pouco de Zé Bala. E ele nem se dava por achado. Não tinha o trabalho de pensar, de refletir. Noca descompunha-o; batia-lhe, até. Mas nunca lhe havia dito aquelas palavras: "... nesta casa não tem um homem". O caboclo chocara-se logo no primeiro momento. E a mulher entrara a repetir, a repisar aquilo...

3

Saiu rua fora, bestando. Na venda de Seu Tomás pediu uma lapada. Virou. Gostou:
– Dobre a parada.
Não convinha beber mais. Ah! se ele fosse um homem!
Continuou a banzar pelas ruas, tentando variar de idéia. Parou ante um grupo de meninos que jogavam pião. Buscava distrair-se com o jogo, observando a pontaria de alguns que feriam em cheio o alvo – em geral um pião pintado de preto – fazendo-lhe voar pedaços. Notou que os pequenos pegaram a rir. Um deles, tímido, perguntou a outro:
– É este que apanha da mulher? Ouvi papai dizer...
– Não vê logo o jeito dele, com a camisa por fora das calças?
Zé Bala fingiu não ouvir, foi saindo, enquanto lhe golpeava os ouvidos a pergunta irônica de um terceiro garoto:
– Cadê a Noca, Zé Bala?
Andou, andou. Viu cair a noite, acenderem-se os lampiões poucos e tristonhos, ao passo que morriam as derradeiras claridades violáceas do céu. De primeiro experimentou essa habitual sensação de paz companheira do crepúsculo. A escuridão, porém, foi-se adensando, e à tranqüilidade sucedeu uma inquietação mais funda, um abafamento de agonia.
Ao chegar à Rua do Centro, a principal, entrou na Mercearia Capricho.
– Dose pequena? – perguntou o dono.
– Homem, se é daquela mesma que eu bebi tresantontem...
– Posso-lhe garantir.

Mandou botar dose grande.
Um freguês queria logo o seu querosene:
— Dois'tões de gás, Seu Isidoro. Depressa!
O merceeiro tomou da garrafa, mediu o líquido e, voltando-se para o caboclo:
— Gostou, Zé Bala?
Zé Bala não deu atenção à pergunta: estava quente. Ficou por ali, rondando, vendo outros que bebiam e saíam. O álcool subia-lhe à cabeça com vontade.
Um garotinho dos seus sete anos aproximou-se do balcão e, soltando uma moeda de mil-réis, pediu, devagar, com o cuidado de quem transmite palavras ainda mal fixadas na memória:
— Um tostão de bolacha, três'tões de rosca, dois'tões de gás e um cruzado de troco!
— Dobre a parada, Seu Isidoro. Se é dose grande? Isso não se discute. Beber é beber. Porque eu sou é homem...
Seu Isidoro era muito brincalhão:
— Ô Zé Bala, as meninas da Noca são suas filhas?
O caboclo tinha os olhos esgazeados. O riso amarelo saiu-lhe difícil:
— São do senhor?
A resposta em forma de pergunta confundiu o bodegueiro. Estranhou-a. Mas... era isso mesmo: cachaça... Pobre-diabo! Entre os circunstantes houve certo pasmo. Brincando, brincando, Zé Bala deixara o homem sem graça. Uma mulher baixa e magrinha, que reclamava contra a demora do merceeiro em servi-la, comentou, como por vingança:
— Homem, essa foi forte!
O vendeiro estava mole. Enfim, era uma mulher; e, depois, não podia perder freguês.
Zé Bala nunca bebera para cair, ficar desgovernado: era duro de corpo. Vagueou, ainda, pela cidade, paran-

do aqui e ali, em vão procurando espichar conversas. Ainda bebeu.

4

Fechara-se a noite, foi ficando tarde. Passava das onze quando entrou em casa. As meninas dormiam. Girava-lhe na vista a luz fumarenta da candeia. Ouviu confusamente, sem protesto, os desaforos da mulher. Está aí para que servia aquele traste. Não defendia a família, não trabalhava, e agora levava o tempo quase todo assim, choco, bêbado como uma cabra. E o Milonguê e os outros que se enchessem de gosto, que prometessem vir dormir com ela. Aquilo era dono de casa! Aquilo era homem!
Não comeu nada: faltava-lhe apetite. Cuspia, cuspia. E a agonia crescendo.
Saiu, imperceptivelmente, sob a chuva de injúrias. Não fosse tão tarde, e a Noca era capaz de lhe bater.

5

Perto de sua morada, na esquina, havia uma casa de taipa, em construção. O esqueleto já pronto, e pequena parte coberta, de palha. À direita, um caminho em declive, que ia ter à bica, onde a cidade se abastecia. E, logo depois, um terreno com plantações. A Rua dos Pecados tinha um lado só. Em frente, os fundos dos quintais de outra rua. Escuro, escuro como breu. Silêncio grande, ferido a espaços pelo range-range dos grilos. Seria meia-noite. Zé Bala ficou sentado num cepo, dentro da casa, protegido pela escuridão, ali mais espessa. O álcool transtornava-o. "Se nesta casa houvesse um homem..." Quando as meninas crescessem... Eram suas filhas. Ele era um pai de família. Noca era sua mulher. "Um homem..."

Achava-se ali havia tempo, a ruminar, quando avistou um vulto alto, vestido de branco. O vulto aproximava-se. A pele preta retinta, contrastando vivo com a roupa, era invisível na treva. Voltava de um ensaio de chegança. Vinha cantando. Regalado, pensava na figura que faria junto às mulatas e crioulas, metido na sua farda branca de oficial, o boné cobrindo-lhe a carapinha, os ombros agaloados, botões dourados no dólmã, espada à cinta.

Imobilizou-se, de improviso, ao ouvir, no silêncio da noite velha:

– Vem da chegança, Milonguê?

Naquela voz, embora um pouco alterada, o preto reconheceu a de Zé Bala. Foi-se chegando para a armação da casa. O outro se levantara. Não fosse tão fechada a escuridão – sobretudo ali dentro –, Milonguê ter-lhe-ia descoberto alguma coisa na fisionomia.

– Que está fazendo, homem?
– Nada não. Descansando...

Voz trêmula, de tonalidade estranha. Milonguê chamava-lhe *homem*. "Que está fazendo, homem?" Mangando dele. Ah! se ele tivesse coragem! "Se nesta casa houvesse um homem!..." Milonguê queria dormir no quente da Noca... E as meninas, mais tarde? "Zé Bala..." "Um homem..." Avançou à rua. Ao cintilar das estrelas, os olhos de Milonguê, aclimados à escuridão, puderam ver melhor a cara do outro.

– Vá dormir com a Noca. Ela está esperando...

O negro espantou-se. Mal se lembrava de haver dito aquilo: tinha bebido tanto! O acento esquisito da voz do caboclo desconcertava-o:

– Que maluquice é essa, Zé Bala? Você bebeu demais, homem...

"Homem..."
- Vá dormir com a Noca. Você não prometeu?
A voz fizera-se quase irreconhecível. "Só faz isso... um homem nesta casa." Na treva fulgurou súbito a lâmina de uma faca.

Milonguê estremeceu. Tentou, porém, vencer a estupefação do primeiro momento. Um pobre-diabo, incapaz de matar uma galinha... Cachaça faz muita coisa...

- Guarda isso, homem, e vai para casa curtir o teu pifão na cama...

No íntimo, um vago sobrosso mantinha Milonguê a certa distância do outro, retardava-lhe as palavras. Cachaça faz muita coisa... Quem sabe!

Zé Bala achegava-se ao negro, a faca reluzindo-lhe na mão, a fala agora um pouco mais apressada:

- Vá dormir com a Noca, moleque.

Moleque! Milonguê quis adiantar-se, arrebatar a faca. Moleque! Aquele maluco, assim no porre... Cachaça... Recuou. Agora já era o instinto de conservação que falava, ou antes, gritava:

- Você está doido, Zé Bala?

"Só faz isso..." O sangue fervia-lhe. A Noca nos braços daquele tição! "... um homem..." E as filhas crescendo, uma já ficando moça... "... um pai de família..." "... um homem..."

Aproximou-se mais de Milonguê:
- Vá dormir...

"Um homem..." A voz tinha agora um timbre tão fora do comum – parecia triturada entre os dentes cerrados –, e Zé Bala investia tão decidido sobre Milonguê, que o negro recuou de um salto. Mas Zé Bala, rápido, coseu-se com ele, e a faca entrou na barriga de Milonguê. O preto caiu, arquejando. Mal teve tempo de gritar. O sangue ensopava-lhe a roupa. Os olhos escuros brilhavam-lhe na face escura, à luz serena das estrelas. Zé Bala puxou a faca. O canto dos grilos povoava o silêncio noturno.

6

A porta ficara encostada. Entrou. A candeia de querosene alumiava a sala estreita, com uma luz esfumarada e morrediça. Acima dela, grande marcha de fumaça enegrecia um trecho da parede. Perto, uma figa, para esconjurar desgraças.
Zé Bala tomou do alcoviteiro, dirigiu-se à cozinha. Que sede! Tirou água no pote com o coco de flandres, bebeu até se fartar.
Noca dormia no quarto contíguo à sala, na esteira, sobre o chão de barro batido. Ressonava forte. Zé Bala aconchegou-se ao lado dela. Procurou dormir. Impossível. Estranha excitação começava a dominá-lo, à medida que se ia dissipando o efeito do álcool. Deveria acordar a Noca para lhe confessar o crime? Ir despertar o delegado para entregar-se? Não poderia demorar muito com a carga na consciência. Mas, se dissesse à mulher o que fizera, ela não o deixava ir ao delegado. Ninguém assistira ao crime, e quem é que ia lançar a culpa a um banana como Zé Bala? Pensando assim, a Noca não permitiria que ele se entregasse, para ser preso, pegar uma sentença de anos e anos. Não permitiria. Sabia que a companheira gostava dele, apesar de tudo. Como ficava na ponta das unhas quando as meninas respondiam mal a Zé Bala! Era sua mulher, mãe de suas filhas. E ele já não podia suportar aquilo na consciência – aquele peso terrível, esmagando-o, sufocando-o assim. Necessário desabafar. Mas a Noca tinha um gênio tão forte, era tão reimosa! Se ela dissesse que ele não se entregava, ele

não se entregava mesmo. E ela diria. Então – não lhe contar nada. Mas o diabo do peso... Já sabia como agir. Era difícil; a desgraça, porém, estava feita, e tinha de se preparar para tudo. Tentou novamente dormir. Inútil: os vapores do álcool subiam-lhe à cabeça, tão trabalhada já pelas idéias truncadas e encontradas entre que Zé Bala se debatia. Mal-estar horroroso. Ânsia de vômito. Foi ao quintal, pôs o dedo na garganta. Lavou a boca, depois. Diria tudo à Noca. Não, não diria. Um galo cantou – e isso lhe deu um arrepio, um estremeção súbito, como apelo à realidade.

Despiu a roupa manchada de sangue, deixando-a para um canto da parede do quarto. Deitou-se. E nada de adormecer. Iam-se quebrando as barras do dia quando as idéias inquietantes principiaram a diluir-se, cedendo lugar a um sono que o repousou até às seis horas. Ao abrir os olhos, já a mulher não se achava a seu lado. Estava cuidando do café, dando milho às galinhas:

– Pi... pi... pi... pi...

Ouvia as vozes das meninas, na cozinha. Uma delas pilava milho para o angu. Cantava manso ao ritmado bater da mão do pilão.

Urgia pôr em prática o seu plano. Vestiu outra roupa (as calças, de brim mescla, tinham enormes remendos nos joelhos e nos fundilhos), sempre de ouvido à escuta, não viesse a Noca. Precisava resolver logo. Logo. Um lápis? Ah! no bolso da outra calça. Tirou-o, deixou-a bem junto da esteira, de propósito. Escreveu num taco de papel, com a pressa possível às suas magríssimas letras de mal-alfabetizado: "Noca eu fiz uma disgrasa matei u Milonge vou mi entregá Zé Bala". Pôs o bilhete sobre o travesseiro da mulher e saiu, pé ante pé, abrindo a porta devagar.

Quando Noca voltou ao quarto, para descompor o marido, dar-lhe umas pancadas (sim, porque aquilo também era desaforo) – lugar mais limpo. Estranhou a ausência. Ao tirar os panos para dobrar a esteira, deparou-se-lhe o bilhete de Zé Bala. Não acreditou, no primeiro instante. Ficou atordoada. Impossível. Cachaça. No entanto, começou a recordar, a combinar os fatos. E as calças, ali ao lado, chamaram-lhe a atenção. No quarto, ainda meio escuro, não conseguiu distinguir bem as manchas. Olhou-as na sala: sangue! Examinou-as melhor, cheirou-as: sangue! O sangue de Milonguê. Não podia ser mentira de Zé Bala. E Zé Bala era um defeito que não tinha, o de mentir – nem mesmo bêbedo.

7

A Rua dos Pecados já estava em polvorosa. Um cassaco de padaria fora o primeiro a encontrar o cadáver. Depois, mulheres que iam buscar água à fonte. O meretrício acordou bem antes da hora habitual, e agitava-se num assanhamento dos diabos. Comentavam:

– Virgem, minha filha! Foi uma facada que nem é bom falar...

E, apontando o ventre:

– Pegou bem aqui – lá nele. Eu nem gosto de ver essas coisas...

– Homem, meu Deus não me castigue, não, que eu não sei o que estou dizendo, mas foi bem-feito. Um traste daquela marca não havera de ter bom fim. Aquilo era um xexeiro muito do ordinário. E metido a cavalo-do-cão.

– É. Quem com muitas pedras bole, uma na cabeça lhe cai. Mas o Gigante também é uma vasilha muito ruim. Mulato sebite, com uma goga que parece gente.

– Comigo é que ele não conta prosa, aquele pangarave. Andou-se enxerindo para a minha banda, mas eu não dei confiança. Faço tanto caso daquele tipo como da primeira camisa que vesti. Mais antes queria dar à terra do que a um troço daquele.

A uma delas não importavam as qualidades do criminoso nem da vítima: lamentava o crime, uma barbaridade – gente não era passarinho para se matar assim, sem mais nem menos.

O delegado estivera muito cedo no local, e tinha feito remover o corpo para a casa da família.

– Crime bárbaro! – exclamavam muitos. – Aquilo é um monstro, aquele Gigante!

– Uma miséria! Matar o Milonguê, uma criatura tão boa! E por causa duma besteira, dum bate-boca que tiveram há uns tempos atrás.

Um velhinho chocho bradava contra o crime, contra o júri – "uma instituição desmoralizada, que bota para a rua tudo quanto é de criminoso". Com ele não tinha conversa: eram trinta anos de cadeia.

– É mesmo – disse, ao lado, um sujeito que o ouvira, para outros em redor. – Esse velho não é brinquedo, não. Com ele a volta é escanzinada. Assassino e ladrão na unha dele não se confessa. Condena como um infeliz. É um criminalista danado...

8

A casa do Gigante foi varejada. Os soldados quiseram espancar-lhe a mulher para obrigá-la a "confessar a verdade".

– Mas, Seu Delegado, eu juro que o meu marido está inocente. O senhor sabe, ele é canoeiro. Disso é que tira o pão para sustentar a mim e a estes meninos que o senhor está vendo. Desceu o rio bem cedinho com o

escuro – podiam ser quatro horas – para aproveitar a fresca da madrugada, com a família do Seu Afonso, que foi passar o Natal em Porto Novo, como faz todo ano.
— É isso mesmo. Direitinho. O crime foi de madrugada. Ele matou e deu o fora.
O pranto rebentava nos olhos da mulher aflita:
— Mas não foi ele, não, Seu Delegado! Eu juro por esta luz que está nos alumiando. Pelas cinco chagas de Nosso Senhor Jesus Cristo! O senhor não está vendo logo...
As crianças escutavam, atônitas.
— Eu não estou vendo coisa nenhuma. Eu estou vendo é que ele disse a Deus e ao mundo que matava o Milonguê, tanto que o pobre negro foi me pedir garantia. Eu mandei chamá-lo à minha presença, disse que ele ficava responsável por qualquer coisa que acontecesse ao Milonguê. Ele se desmanchou em desculpas, em promessas, que Deus o livrasse de matar ninguém – e agora está aí a desgraça feita.
— Seu Delegado, pelo amor de Deus...
O pranto crescia; a cabeça desabada sobre o peito, caíam lágrimas no vestido de chita, pobre e sujo. Os meninos já choravam, contagiados.
A autoridade, impassível, temperou a garganta:
— Ah! mas isso não me fica assim, não! Comigo assassino e ladrão não têm descanso. E assassino, pior. O seu marido há de chegar, ou vivo ou morto!

9

Quando Noca entrou na delegacia – uma sala estreita e infecta, paredes imundas, moscas pousando sobre enormes cusparadas no piso de cimento gretado e gasto –, o delegado encerrava uma descompostura a Zé Bala:

— Pois é isso! Mando metê-lo na cadeia, se continuar! Bebe a sua cachaça e vem aqui chatear o crânio da autoridade! Deu para isso agora... Você está maluco? Suma-se daqui!

O delegado já mandara soldados a Porto Novo, que trouxessem Gigante, vivo ou morto.

Zé Bala ainda quis insistir:

— Mas fui eu que matei, Seu Delegado...

A autoridade enfureceu-se:

— Ah! você quer abusar, não é, seu cachorro? Um cabra malandro, sem ofício nem benefício, leva o tempo a beber, e ainda vem aporrinhar a gente com a sua conversa mole de bêbado. Depois, a gente perde as estribeiras, é ruim! Puxe por aqui, seu pomboca!

Um soldado:

— Seu Delegado, dá licença? O senhor quer que eu dê um ensino nesse cabra? Eu passo-lhe a virola de jeito, que o bicho, com perdão da palavra, se mija todinho...

Noca estava procurando brecha para falar ao homem. Esperava que ele se abrandasse um pouco; mas ante as palavras do polícia não se pôde conter:

— Seu Delegado, esse homem tem um parafuso frouxo. Todo o mundo conhece ele e sabe que isso é um leseira, incapaz de bulir com um pinto. O senhor bem que sabe. Isso só vive porque vê os outros viver. Mas de uns tempos para cá deu para ficar de miolo mole com a bebida. Pinto o diabo com ele, mas não tem jeito. Só Deus.

Abrandou-se a cólera policial:

— Eu sei, eu sei... Mas encanfinfa a gente, arre lá! Vá-se embora daqui, homem de Deus!

Depois de agradecer à autoridade, a Noca se retirou, com o marido:

— Anda, caminha, traste ruim! Vivo com a cara calçada de vergonha por tua causa, diabo! Mas deixa-te estar, que em casa eu tenho uma conversa contigo...
Os soldados desataram a rir:
— Ele sabe qual é a conversa. Isso vai ser uma pisa de ficar de pano de vinagre.
— E é uma besta dessas que fala em matar gente! Homem, cachaça faz cada coisa...
O delegado reforçava as providências para a captura do criminoso. Estava exaltado: a justiça não se desmoralizaria.

10

O Coronel Morais achou graça na confissão de Zé Bala:
— Homem, esta é boa! O Zé Bala! Só assim eu me ria...
Donana:
— Quem sabe lá! Tudo é possível no mundo.
— Mas o Zé Bala! Matar gente? O Zé Bala! Esta é boa...
— Pois é, mamãe, não vê logo! Só aquele pobre mesmo, coitado!

11

Ao ter conhecimento da "maluquice" de Zé Bala, o promotor aplicou ao caso os seus conhecimentos de psicanálise, de tanto efeito nas sessões do júri:
— Trata-se de um pobre-diabo, presa de um complexo de inferioridade. E inventa crimes, façanhas que nunca poderia praticar: a prótese de compensação...

O anel de grau, com chuveiro de brilhantes, dava-lhe às palavras uma autoridade sólida. Concluiu, traçando um semicírculo com o indicador, onde a jóia faiscava:

– Freud explica tudo isso muito bem...

12

Em casa, a Noca não chegou a bater em Zé Bala. Depois de muita descompostura, ameaçou-o de uma surra se ele dissesse a alguém que tinha matado Milonguê:

– Dou-lhe um doce!

Lançou, porém, a ameaça com certo receio. Arrependera-se da desfeita que lhe fizera na delegacia.

– E você ainda não quebrou o jejum, seu bobo? Vá comer, ande, que saco vazio não fica em pé.

Nunca mais teve coragem de bater-lhe; se o repreendia, era com brandura. Zé Bala matara um homem. O caboclo subira muito, aos olhos da mulher. E havia nisso uma ponta de orgulho da parte dela: matara por sua causa. Matara.

Entretanto, para Zé Bala a Noca não deixou nunca de ser uma criatura terrível, e ele sempre receava aborrecê-la.

13

A fuga do Gigante, ao saber que a polícia andava no seu encalço – não adiantariam explicações, disso estava certo –, firmou de pedra e cal, em toda a cidade, a convicção de que fora ele o assassino de João Milonguê.

– Foge da justiça dos homens – sentenciou o velhinho chocho –, mas a justiça de Deus é infalível. Quem com ferro fere com ferro será ferido: está nas Escrituras.

Várias outras pessoas bradaram coisas semelhantes – exceto as Escrituras, privilégio erudito do velhinho.

14

Zé Bala continuava o mesmo pobre-diabo de todos os tempos. Apenas, deixara de beber, com medo da Noca. Às vezes, por troça, alguém lhe perguntava:
– Então, Zé Bala, você matou o Milonguê?
Não sabia mentir. E vinha-lhe um impulso de dizer que sim, embora ninguém acreditasse – só para desabafar. Lembrava-se, porém, da ameaça da mulher; e, preguiçoso, coçando a barba rala, o risinho amarelo exibindo-lhe os cacos de dentes:
– Homem, eu não sei disso, não... É melhor não futucar o Diabo com vara curta: a Noca é muito braba... Nossa Senhora!

1939-1940

MOEMA

A Roberto Alvim Correia

A calva de Seu Fonseca reluzia à claridade forte da lâmpada, na sala do hotel. O pequeno grupo a que ele presidia compunha-se de pessoas da família – menos eu, amigo quase íntimo, apesar de recente. Como se procurássemos um meio de andar, sem sair das cadeiras, para fazer a digestão, empreendemos, nessa noite, uma volta à infância. Arrastava-se a conversa em torno de episódios da meninice, alegres ou melancólicos, carecentes de importância para nós nos primeiros tempos, mas que, por circunstâncias de cujo valor e peso mal tomamos consciência, para sempre nos ficam pregados à memória. Ora, cada indivíduo é um poço de tais recordações. Os maiores desmemoriados do mundo hão de ter, entre as suas lembranças, meia dúzia dessas que nos marcam, em meninos, por toda a vida. Presentes e surras, revelações felizes e duros desencantos vieram à tona.

Entrou-se, por fim, no capítulo dos acidentes tão comuns entre as crianças: talhos, quedas, cabeça lascada... D. Matilde falou de um escorrego que lhe custara a fratura de um braço. Má-criação: brigara com a irmã – a Luisinha, a mais velha, casada com o Dr. Costa, em São Paulo, já não me havia falado? – e levara um empurrão...

O encanamento não fora bem feito... Sustou de súbito a conversa, mudou de rumo; ao trigueiro-claro do rosto lhe aflorou uma sombra de tristeza. Naturalmente o braço ficara defeituoso – e o desvio de assunto combinou-se, em meu espírito, com uma observação para a qual só agora eu encontrava explicação precisa: D. Matilde usa invariavelmente mangas compridas, velados os braços morenos, que, a avaliar por alguns trechos vislumbrados através de certos tecidos mais diáfanos, hão de ser nada menos que deliciosos.
– Nem gosto de pensar... Sofri tanto! Ainda me lembro como se fosse hoje: botei a boca no mundo que fazia pena. Depois...
Puxou, num gesto meio automático, a manga esquerda do vestido. Seu Fonseca despediu olhares irritados a um agrupamento próximo, onde mulheres masculinizadas fumavam por ostentação e falavam muito alto. Mulher, com ele, não punha cigarro no bico. E falar alto, nem homem. Mas essas caturrices, explicáveis pela sua austera formação à antiga, de bom mineiro, não lhe diminuem nada a polidez, uma polidez risonha, que torna atraente o convívio de Seu Fonseca, apesar do seu aspecto bastante conselheiral. Afagou com a mão papuda a careca resplandecente, onde umas poucas dezenas de fios ralos e breves são habilmente distribuídos, de jeito que formam a ilusão de uma cabeleira. Em seguida, mãos espalmadas sobre as coxas, avançou o busto, e nos olhos castanhos lhe passou um significativo lampejo, que os seus ouvintes traduzimos por pedido de atenção:
– Ah! Nessa questão de desastres...
Mostrou a cabeça, no cocuruto, curvou-a:
– Estão vendo?
Deu um estalo com o médio e o polegar: já fazia muito tempo...

— Eu podia ter aí uns cinco anos... Ou seis... Seis, talvez não... Cinco anos. Cinco anos e quê... Queda de uma árvore, um sapotizeiro. Ah! nasci nesse dia. É o que lhe digo, Dr. Soares: nasci nesse dia. Foi um rio de sangue, está ouvindo?
— Pois não, Seu Fonseca! É como se estivesse vendo.
— Nem mais nem menos: um rio de sangue. Engraçado: parece que estou vendo minha mãe me tomar nos braços, beijar-me, fazer os primeiros curativos... Como a gente se lembra dessas coisas!
Suspirou. Criatura minuciosa!
— Mas, ah! bons tempos, doutor, bons tempos! É como diz o poeta, o nosso Casimiro... Mas o que é isso, que está tão calada, Moema? No mundo da lua? Isso é coisa...
Moema corou.
— É, está direito... Na sua idade, solteira, é natural... Agora, como cunhado e amigo, só lhe digo uma coisa: saiba escolher. Não vá pelas aparências: as aparências enganam, como diz o adágio. Olhe que há gente boa...
E um olhar carregado de intenção caiu sobre mim e rápido viajou de mim para Moema. Moema baixou os olhos, suspirou tão forte que os seios firmes ganharam maior relevo sob o casaco azul.
Ensaiei falar, para vencer o meu próprio embaraço:
— Pois é, D. Moema... Conte alguma coisa.
— E o senhor?
Já desde o começo da palestra eu declarara não ter na minha infância nenhum episódio de interesse, no gênero. Repeti-o agora a Moema.
Claro que o assunto não me agradava – como não agradaria a ninguém: e, não fosse Moema, o seu ar simples e doce, os olhos redondos e lúcidos, a onda alta dos seios, juro que estaria bem longe dali.

– Fale, conte alguma coisa, D. Moema – insisti, mais seguro.
– Uma tolice, doutor. Nem vale a pena...
Sorriu, o seu sorriso pela metade – agora nem tanto. Riso medido, policiado, contrafeito. Por mais de uma vez o notara, e não me havia preocupado a sério em tirar conclusões. Ainda em instantes de grande expansão, o riso de Moema não se abria; não excedia esse limite. Um riso de forçado; um riso de quem sofre, de quem, no aceso da alegria, é visitado por idéias tristes. Um sorriso, diria melhor, como disse atrás: não propriamente um riso. Os lábios se arregaçavam; contraíam-se os músculos; uma luz mais viva relampejava na redondez dos olhos: mas não tardava que uma corrente gelada, partida do mais íntimo, esbarrasse na calidez daquele riso, que procurava descer ao coração, e aos poucos lhe comunicasse a temperatura glacial. Então o riso estancava: os lábios não deixavam ver as gengivas; paravam, em certo ponto, por instantes, como traduzindo o momentâneo estado intermediário daquela alma, a água morna do início do conflito entre os dois sentimentos; o brilho dos olhos esmorecia; estranha fixidez das pupilas – e, de repente, sulcavam-lhe a testa duas rugas verticais de inquietação. Depois os lábios se uniam, cerravam-se num longo silêncio, e os olhos como que se fechavam, também, conquanto muito abertos, quase numa expressão de olhos de morto.

No entanto, Moema deveria sorrir com liberdade. Tinha uns lábios... não sei como diga... bons para sorrir; covas no rosto, que lhe davam uma graça meio infantil, provocante. E uns dentes muito alvos, muito certos: bonitos dentes. Uma ponta de prognatismo, talvez – coisa ligeira; mas esse defeito, em algumas criaturas, é antes virtude: em Moema não seria das menores.

Fosse como fosse, ou porque, fortemente inclinado por ela, não desejava que dela me viesse nenhum pensamento triste, ou por este cepticismo que me leva a não tirar deduções do que observo – porque em geral descreio de todas, posto que a realidade quase sempre as confirme – o certo é que não tentara sondar a razão desse riso sem vida. E, se há pouco cheguei a descrevê-lo com tamanho luxo de minúcias, e até uma ponta de ênfase, de que ora me penitencio, confesso que antes dessa noite ele não me preocuparia a ponto de permitir-me observações assim miúdas e precisas. Sim, aquela noite foi para mim uma revelação. Aquela noite me ligou profundamente a Moema. Recordo tudo: a calva espelhante de Seu Fonseca, com os fios artisticamente espalhados no topete; o jeito com que firmou as mãos nas coxas e nos espetou uns olhos algo intimativos; o repentino silêncio de D. Matilde, a sua fala meio quebrada, a gesticulação lenta e graciosa... Tudo isso me vem à memória; tudo isso, e muito mais, coisas mínimas: a mosca insone que pousou algumas vezes na cabeça nua de Seu Fonseca; o cruzar de pernas mais à vontade de D. Matilde, que não escapou aos meus olhos gulosos nem aos severos olhos do marido; e até uma discussão de empregados, lá para dentro, sobre o jogo de futebol do último domingo... No meu íntimo, tais miuçalhas se ampliaram em acontecimentos de vulto. E isto desde o momento em que Moema chegou a certo ponto de sua história. Esse momento...

    Agora não sei como vão ser as coisas. Resistirei? Difícil. Para que Moema falou? Para que fui pedir que narrasse um acidente da sua infância? Bem que ela não queria...

    – Não vale a pena – repetiu, depois do sorriso. – Em todo caso... Eu tinha oito anos. Meu irmão brincava sempre comigo no quintal da casa onde passei a meninice –

um quintal enorme, cheio de fruteiras. Um dia, sozinho, corria no quintal, montado no seu cavalo de pau. De cabeça baixa, batia com uma tabiquinha e incitava o animal: "Caalo!". Eu tinha-me escondido atrás de uma mangueira muito alta. Quando ele vinha perto, saí do esconderijo, ligeira, para assustá-lo. Quando vi, foi a cabeça dele me bater na boca e no nariz, com toda a força. Uma dor terrível, fiquei zonza. O sangue corria em bica, e os dentes desceram.

Acompanhou com um gesto a descida dos dentes. Uma inflexão de voz de que nunca jamais me hei de esquecer. Os dentes não "caíram"; ela não os perdeu. Os dentes "desceram". Como se ainda pudessem subir. "Desceram." Havia na expressão, aparentemente tão simples, alguma coisa de trágico. Às vezes o eufemismo tem conteúdo mais amargo que a palavra direta, viva e própria. Lembra-me bem o que ouvi a um homem do povo para evitar a palavra *negro*: "Seu moço, o menino era aleijadinho da cor". É a fuga à realidade dolorosa. Fuga inútil, no caso de Moema: a realidade vivia com ela, bem real. "Os dentes desceram." Moema estaria sofrendo: as rugas sulcavam-lhe mais fundo a larga testa; os olhos – apagados, mortos. E ao mesmo tempo essa expressão de serenidade que nos fica de um desabafo. Certo lhe era um alívio aquela confissão. Mas quanto lhe devera ter custado!

D. Matilde reprimiu discretamente um bocejo: não costumava dormir tarde. As moças modernas tomavam uísque e riam mais estrepitosamente. Eu sofria com as palavras de Moema. Não é literatura, não é ficção: eu sofria. Não foi por simples acaso que a Moema ocorrera aquele verbo. "Desceram." Havia nele toda a amargura de uma mocidade em flor de dentes postiços. Mas os dentes não se foram para sempre, não tinham sido arrancados: os dentes desceram. Os incisivos e um dos caninos, do maxilar superior. Desceram.

E então compreendi esse doloroso esforço em ocultar as gengivas, o riso parado a meio caminho – riso que não passava de sorriso –, a luta das duas correntes. Era o pudor dos dentes artificiais, a vergonha de mostrar o tom desvitalizado das gengivas murchas, que não enganam. Mas nessa noite Moema decidira-se a falar. Hesitara,. hesitara um pouco, porém se decidira. Mais dia menos dia, a um descuido seu, observação atenta viria a descobrir-lhe o defeito. Gostava de mim, e não queria enganar-me. Diria a verdade, pois, a pretexto de contar simplesmente um episódio de infância. Por isso não relutara muito em satisfazer-me o pedido e, iniciada a narração, deixara trair uma pressa nervosa, uma quase ânsia de chegar ao desfecho. Não me queria enganar, mas procurava enganar-se. "Os dentes *desceram*..."

Confesso que desde então comecei a amar realmente essa mulher. Apenas lhe senti a mágoa intensa revelada na frase tão curta, e sobretudo no verbo tão simples, experimentei em relação a Moema um sentimento meio vago, que me custou definir: era, em verdade, um sentimento de ternura protetora, de solidariedade a essa criatura bela, que carrega pela vida uma tragédia silenciosa.

Agora encontro em seus olhos uma luz mais vívida e mais pura, já o seu corpo não me acende os ímpetos animais de outrora, e descubro-lhe, a cada passo, qualidades íntimas que me haviam escapado. Amo-a, sinto-me cada dia mais atraído para ela, até para os dentes falsos – mais, talvez, do que quando os supunha naturais. E amo-lhe, sobretudo – sobretudo – o sorriso violentado, o sorriso subitamente gelado e morto.

Quase já não ri assim. Não é preciso, disse-me, ocultar de ninguém um defeito que de mim não ocultou. Que lhe importa o resto do mundo?

Boa Moema! Quando de todo houver perdido esse sorriso triste, quando rir livremente como as outras, de dentes naturais – será o mesmo afeto que a ela agora me prende? Temo que não: todo o meu amor a Moema parece viver daquele sorriso atormentado. Deverei pedir-lhe que ria sempre assim?

1940

ROSEIRA, DÁ-ME UMA ROSA...

— Miau...

Estava tão alheio ao mundo exterior, tão entregue às íntimas preocupações, que se assustou com o macio roçar de alguma coisa pelas pernas, seguido desse miau suave e prolongado. Recuou a cadeira, pôs o gato no colo, e entrou a acariciar-lhe o pelo mosqueado, que o semelhava a uma pequena onça.

À pressão do afago, o *Secretário* dobrava a espinha e, fixo nas patas, espichava-se, como num espreguiçar-se, e miava ainda mais doce, muito em surdina, como em tímido agradecimento àquela mostra de simpatia do seu dono. Nos limites da mesma brandura, a voz do animal tinha inflexões características, para pedir e para agradecer. Para amar, era de uma infinita riqueza de tonalidades, que ia da mansidão infantil das primeiras declarações aos gritos cálidos da paixão ofendida. Nas justas com os parceiros, no telhado, dentro do silêncio da noite alta, toda essa variada escala de tons se fazia ouvir, perturbando o sossego dos vizinhos. Não era raro viesse ferido da peleja: o focinho estriado de arranhões, uma orelha dilacerada, a sangrar, uma chaga vermelhejando entre os pêlos cinzentos. Agora andava emagrecido. Saudades da dona da casa, que estava fora? Não havia razão para saudade. Comida não lhe faltava. Na ausência da patroa, a negra Balbina redobrava de cuidados com o *Secretário*. E a recomendação de Seu Juca era bem clara: "Olhe, Balbina: muito cuidado com o gato, ouviu? Trate dele como se fosse gente, entendeu? Muito cuidado...".

Da sala de jantar via as galinhas trepando ao poleiro. Escurecia. Gostava de ficar envolvido na semiluz, que lhe comunicava uma impressão de doçura, de vago torpor, como se os sentidos estivessem mergulhados em banho morno. Deliciava-se em observar como, à invasão da sombra, se vão aos poucos esbatendo e anulando os contornos das coisas.

Puxou do bolso um dos seus cigarros de palha de milho, pôs-se a fumar. Sinal luminoso na escuridão crescente; bóia iluminativa perdida no deserto de uma noite sem lua... Acudiam-lhe imagens ao espírito a propósito de mil coisas, e as suas cismas iam longe. Como de ordinário acontecia, a criada veio chamá-lo à realidade:

– Quer que acenda a luz, meu patrão?

– Podia demorar mais um bocadinho, Balbina. Mas não tem nada, não. Acenda.

– E apois! Assim não é melhor? Seu Juca tem umas manias! Imaginem só quando ficar velho...

Ele ria. Já estava ficando: quarenta anos, alguns cabelos brancos... A luz, forte, doía-lhe na vista, chocava-o. Balbina trazia a sopa, as torradas, as laranjas; tirava o abafador que cobria o bule de leite.

O instinto levava o *Secretário* até a negra. Começava a esfregar-se nas saias compridas, com o seu miau insinuante.

– Espera aí, gato! Tu estás com fome canina?

Miava de novo: parecia responder afirmativamente.

– Balbina, você tem tratado direito o *Secretário*?

A preta botava as mãos na cintura, mostrava, num riso, os dentes alvíssimos:

– Oxente, Seu Juca! Que pergunta! Esse bicho não pára a boca. Come o que o dia dá. Só falta mesmo, com licença da palavra, é socar com um pau. Eu até chego ter medo de fazer um'arte nele, de tanta comida que dou. Tudo para Seu Juca não reclamar.

– Mas eu acho ele magro...

– Ora, meu patrão! Tinha graça que não estivesse... Leva a noite toda metido nos telhados com as parceiras, numa latomia que não deixa ninguém pegar no sono. Está no cio...

Uma risada gostosa. Punha leite num prato – sobre a mesa, Seu Juca fazia questão. O gato pulava para beber. O dono queria tê-lo por companheiro, às refeições.

– Você está vendo com que gosto ele bebe o leite?

– É... Ele está-se preparando, tomando um alentozinho, para fazer as armadas dele mais tarde. Às vezes a gente até se acorda assustada, pensando que é assombração. É cada miado triste que nem choro de alma penada. Nossa Senhora!

Benzia-se.

Seu Juca mastiga devagar. Ensopa as torradas no leite. Limpa com o guardanapo a barba meio crescida. Os olhos castanhos, de uma luz macia, circunvagam pelas paredes nuas, pela telha-vã, descansam no pêndulo sonolento do relógio. Seis e vinte – ele não vê. Fita esquecidamente o *Secretário*. Chega-lhe aos ouvidos a voz de Balbina, que conversa no quintal, através da cerca, com uma criada do vizinho. Que bem lhe faz essa solidão!

– Balbina!

Pede mais leite para o gato.

– Esse Seu Juca...
Um muxoxo:
– Nem que esse gato fosse seu filho... Que mania! Ri. O *Secretário* não perde tempo. O dono afaga-o, passa-lhe a mão pelo queixo barbado, retorce os longos fios brancos. Toma o abafador, lança uns olhos afetivos ao gato bordado no veludo. Seu Juca reúne e confunde na mesma ternura Balbina e o *Secretário*. São ambos criaturas simples, amoráveis, cuja convivência lhe faz bem.

Lá fora, meninos brincam de manja, meninas cantam, na noite de luar. Sentado à secretária, Seu Juca lê jornais do dia. A guerra. Bombardeios, ferimentos, mortes. Não, não compreende os homens. E Ana, sua mulher? Não, Seu Juca não compreende as criaturas humanas. "Nem que esse gato fosse seu filho..." Ana quase morrera de parto. O pequeno nascera morto. Ana quase morrera. O pensamento voa até o engenho onde ela convalesce: está fora de perigo, mas precisa de longa convalescença. A sogra, D. Laura, aquela horrível senhora ampla, de bigode insolentemente masculino, olhos miúdos e verrumantes, fala a Seu Juca num falso ar de gracejo: "Deixe estar, meu negro, que tão cedo você não tem essa em casa...". Tão cedo! Ana quase morrera. Se tivesse morrido? – "Não é que eu deseje, não, mas enfim... a gente se acostuma." Que boa solidão! É, uma convalescença demorada não faz mal: convém que Ana descanse, descanse bem. O *Secretário* roça-se pelas pernas de Seu Juca.

Como o luar está bonito e a voz das meninas a cantar – "Roseira, dá-me uma rosa..." – é profundamente enternecedora, Seu Juca levanta-se, apaga a luz, põe o *Secretário* sobre a mesa, e deixa-se estar na penumbra ouvindo o canto e acariciando o gato. Uma réstia de luar entra pela janela, desenha um retângulo no chão de tijolo. Na rua os meninos correm, gritam; as meninas brincam de roda, de mãos dadas, e as vozes em flor se concertam docemente:

> Roseira, dá-me uma rosa,
> craveiro, dá-me um botão,
> pois se não me deres a rosa,
> não dou-te o meu coração.

A cantiga enche a sala penumbrosa. Seu Juca entressonha. "Não dou-te o meu coração." Numa noite de lua assim, ouvira uma voz de onze anos. Ele caminhava para os dezessete. E a sua vida se ligara a essa voz. Vida errada! Solidão. A preta Balbina resmunga, lá dentro. Seu Juca levanta-se outra vez, olha o luar, sente uma saudade, uma tristeza, uma alegria, um mal, um bem... nem sabe o que sente: coisas do luar. A voz débil das meninas fere-lhe o coração:

> Roseira, dá-me uma rosa...

O *Secretário* solta um miau quase imperceptível, um miau em penumbra, triste como choro abafado.

1940

AS COISAS VÃO MELHORAR

A D. Silvia da Veiga Lima

Um brilho súbito de prazer alumia os olhos sem vida sob os óculos de aro remendado caídos na ponta do nariz, e, enquanto as mãos se arrimam na bengala, a cabeça curvada sobre o *Jornal do Brasil* levanta-se altiva, confiante, batida em cheio pelo sol ardente da manhã de domingo:
— Achei!
A criança, no carrinho, estira o pescoço magro, com uma careta de riso. A mulher como que desperta do seu torpor:
— Mas achou o quê, Gonçalo? Lá vem você com as suas tolices. Não tem que ver um menino...
Muxoxo. O clarão dos olhos do velho é de arrasar todo pessimismo:
— Ora achei o quê! Não está vendo logo? Um emprego, mulher de Deus!
— Mas emprego de quê, Gonçalo?
— Veja aqui, veja, criatura: "Precisa-se de um garçom ("Garçom! Nessa idade! Está de miolo mole..."), com bastante prática (— "Pior ainda."), para casa de grande movimento"...

– Mas me diga uma coisa, Gonçalo: onde é que você está com a cabeça? Pois você não está vendo logo...
– Não estou vendo coisa nenhuma.
– ... que nessa idade...
– Nunca é tarde para começar a vida, mulher de Deus.
– E você que não tem nenhuma prática...
– Ora essa! Ninguém nasce sabendo, criatura.
– E logo numa casa de muito movimento... Você está caducando.
– Caducando está você. Para tudo há jeito neste mundo, mulher de Deus. Só não há jeito é para a morte. Amanhã me apresento, e, querendo Deus (olha para o céu: mal pode agüentar a luz do sol), nunca mais hei de passar necessidade. Deus é pai.
A velha suspira:
– Está bem...
– Está bem, sim senhora! Está muito bem. Resolvida a minha situação, com a graça de Deus.
Pega do jornal, que a mulher abandonara sobre o banco da praça – o Largo da Glória. Dobra-o cuidadoso, com o pachorrento carinho de quem dobrasse, para guardá-las, já as notas ganhas no novo emprego. Tira os óculos, limpa-os meticulosamente devagar, com um lenço esfarrapado, mete-os no bolso. E põe-se a olhar o sol, os transeuntes, o mar, a vida – assim, de vista desarmada, como para gozar melhor, de maneira mais natural e perfeita, a felicidade que Deus lhe oferecia. Ouve bem, agora, e com delícia, o canto de um passarinho em árvore próxima; o azul do céu parece-lhe mais nítido; e a roupa coçada, com remendo nos joelhos, as ruínas dos sapatos, são para ele coisas inexistentes. Toma o guri entre as mãos, aperta-o com exagerada ternura, quase violenta, faz-lhe festinhas no rosto, falando feito criança – ele que não é

pródigo em carícias com o pequeno, embora lhe tenha muito amor. Nem vê a mulher, ao lado, murcha, encolhida no seu mudo desalento.

— Ai!

É a pobre que suspira.

— Que faz você assim, criatura? Você até ofende a Deus.

A velha baixa ainda mais a cabeça, e encolhe-se mais ainda, como quem deseja sumir-se. Não vê a criança, que lhe estende as mãozinhas, murmurando a custo: "Mã-mã." Nem ouve. Pensa. Homem tolo, aquele! Um menino, escritinho. Sempre com a mesma ilusão de empregos, confiando às vezes em promessas falsas, às vezes certo de arranjar lugares que a idade não lhe permitiria exercer. E a situação do casal piorando. Se não fosse ela, que cosia uns panos para a gente pobre do subúrbio, apesar da vista fraca... Mas o Gonçalo, sempre esperançoso. E tudo ficava em esperança. Se chegava a conseguir alguma coisa, logo a perdia: parece que botavam mau-olhado... Casaram muito cedo — ele podia ter os seus vinte anos, ela dezessete —, logo no começo da República, no tempo de Floriano, recordava-se bem. E desde os primeiros meses Gonçalo esperara um filho. Só um ano atrás viera a desiludir-se e tomara aquele garotinho, enjeitado. Que sacrifício para comprar o carro!

— Me mostra esse jornal, Gonçalo.

— Quer ver de novo o anúncio, para se convencer?

— Que anúncio, que nada!

Separa o emprego, e entrega o resto.

— Coitadinho! Levando este solão!

E a mulher cobre a cabeça do pequeno com o chapéu improvisado.

Esse Gonçalo... Fora tudo na vida — sem ter sido nada. Quando se casaram, era tipógrafo. Não se deu bem, quis ser alfaiate. Passou a sapateiro. E, cansado desse nomadismo profissional, suspirou por um cargo público. Suspirou, pediu, e depois de muitas promessas alcançou um lugar de contínuo. Ao cabo de menos de um ano, a política virou, e precisaram dos cento e cinqüenta mil-réis de Gonçalo para o protegido de um deputado. (Cento e cinqüenta: naquele tempo era dinheiro muito.) E Gonçalo errou por várias ocupações, com intervalos, breves ou longos, de vagabundagem forçada; vendeu bilhetes de loteria, foi coveiro, servente de casas comerciais, ajudante de pedreiro. Só lhe faltou ser guia de cego. E a todo gênero de trabalho se entregava satisfeito, seguro no mesmo otimismo, que a dura experiência não abalava. Enquanto não esperava alguma coisa, tornava-se um tanto menos expansivo, embora nunca chegasse a desanimar; mas bastava a esperança apontar-lhe no coração, ao tímido aceno de uma possibilidade, para que se enchesse de feliz alvoroço e a luz baça dos seus olhos adquirisse brilho vivo e estranho. Já velho, e, ainda assim, rico de esperança, alegre desse jeito à leitura de um simples anúncio. "As coisas vão melhorar..."

Gonçalo, triunfante, olha a vida. A estátua de Pedro Álvares Cabral parece dar-lhe parabéns. O pássaro gorjeia bonito, em homenagem a Gonçalo. Os ônibus passam, numerosos e lotados; os pedestres caminham; fulgura o sol: tudo para o festejar. Agora começa a invadi-lo sincera pena do cego que ali perto pede esmola, com uma voz rouquenha: "Esmola para o pobre cego!". E quase sente remorsos de tanta ventura, junto a um cego, um infeliz...

Cabeça enterrada no peito murcho, a velha tem um ar cada vez mais encolhido e triste, no seu meditativo silêncio. Passa um casal jovem, de mãos dadas. Viaja pelo ar um perfume vivificante, em que se entremesclam os cheiros da salsugem, da poeira do asfalto, da gasolina e das árvores resinosas. A ave não pára de cantar. A luz vibrante do sol fere em cheio a cabeça nua de Gonçalo, que sobraça, cuidadosamente dobrada, a sua riqueza, o seu tesouro. Transpondo o parapeito do cais, em frente, os seus olhos avistam dilatado trecho verde de mar reverberante à gloriosa luz da manhã, que vai alta. O casal feliz passa mais perto do grupo, e fita os três com ar visível de pena. Gonçalo vê nesses olhares nova homenagem. A vida é boa. Velhice? Nem tanto assim... É tão feliz! (Pobre do cego!) O pássaro canta para distraí-lo. Flameja o sol para aquecê-lo. O vento encurva os galhos das árvores, que parecem saudar o futuro garçom. O mar, faiscando ao sol e, no entrar da barra, espraiando-se a perder de vista, por entre o verde-escuro dos morros, oferece dócil ao sonhador amplos horizontes para o seu sonho. Dessobraça o jornal e, relido o anúncio, dobra-o ainda mais, guarda-o no bolso interno do paletó, de encontro ao coração. Ri, feito menino, abraça nervosamente o outro – quietinho de seu, a cabeça protegida pelo turbante de papel – e com a mão espalmada bate no ombro da companheira, como para espertá-la:

– Coragem, mulher de Deus! Você não está vendo?

A velha emerge do seu desalentado alheamento:

– Vendo o quê, Gonçalo?

Gonçalo firma a bengala no chão, como quem plantasse o marco de um domínio seu. E com a mão direita num largo gesto, que reúne os automóveis, e os bondes, e os transeuntes, e a estátua de Cabral, e as árvores, e o céu, e os morros, e o mar faiscante:

– Mas você não está vendo? A felicidade chegou, mulher de Deus. Olhe, veja, veja bem... Pois é, não tenha dúvida, criatura: as coisas vão melhorar...

1940

NUMA VÉSPERA DE NATAL

Anoitecia, quando entrou. A casa, muda e deserta. Na suave penumbra, seu vulto magríssimo e alto se agitava, mexia-se inquieto, sem compreender nada. Silêncio. E ninguém. O bater do sino de uma igreja próxima encheu por instantes a habitação de um pouco de vida. Andou por todas as dependências, foi até o quintal. Onde estariam? Voltou. Dentro, sentiu medo, um medo inexplicável: quis gritar por alguém. Aonde teriam ido? *Para onde* teriam ido?... Na sala de visitas, colocou sobre o sofá o pesado embrulho que trazia, sentou-se numa cadeira de braços, pôs-se a fumar. Enquanto o cigarro lhe ardia nos lábios, fazia girar distraidamente, com o índice e o polegar, a larga aliança que usava quase havia nove anos. Já não percebia a fumaça traçando no ar o seu itinerário lento. Sentia-se bem dentro da sombra, que se adensava. Uma sensação doce de repouso. Assustou-se com um peixeiro a gritar: "Peixe fresco!" – lá fora, na rua. E pensou detidamente no seu caso. Nunca se dera aquilo. Aonde teriam ido? Para onde?... Deveria sair. Mas sair para quê? O mistério, decerto, não se esclareceria. E ele não tinha jeito para decifrador de mistérios. Costumava aceitar a realidade tal como se lhe apresentava. Acender a luz? Não, não é preciso. Assim mesmo, nesta escuridão boa, macia, que parece esfumar a consciência da realidade. Não vale desesperar-se. Encarar tudo com frieza. Podia clamar, gritar aos quatro ventos, sair rua fora, procurar, indagar, até obter uma explicação, uma certeza: seria ridículo. O seu temperamento não admitia explosões. Sensibilidade de ostra, como alguém lhe chamava. Pelo menos, parecia. E vamos andando assim, levando assim a vida, que não vale a pena multiplicar os sofrimentos. Só. Sozinho, naquele dia! Vinham da rua alegres vozes claras, na suavidade do anoitecer. Homens regressavam aos lares conduzindo pacotes, por vezes enormes. Fonfonavam automóveis, nesse esquecido recanto de subúrbio. E ele – só. Pouco se comunicava com os outros; mas a dura solidão fazia-lhe mal. Mergulhado na sombra, cada vez mais densa, como que via a marcha confusa, truncada, das próprias idéias. A sombra, que dilui os contornos das coisas, mitiga a tristeza dos pensamentos dolorosos, tornava agora os seus mais nítidos, e mais amargos na sua nitidez. Porém – calma. Devia sempre ser igual a si mesmo. Na parede, ali em frente, os três retratos – o seu mundo – eram três manchas mais escuras na escuridão. Atirou fora o cigarro, que lhe queimava já os dedos; tirou outro, continuou a fumar. Caminhou até o alpendre, no fundo. Pôs-se a olhar as galinhas, que trepavam ao poleiro. O galo mariscava pelo chão. Chamou-lhe particularmente a atenção a galinha pedrês. Tão magra! com um triste ar arrepiado de bicho infeliz. E de repente esta verdade simples entrou-lhe mais no coração do que no cérebro: também há bichos infelizes, galinhas desgraçadas. Pieguice? Não, não era pieguice. Galinhas desgraçadas, sim senhor. Aquela pedrês – pobrezinha! – com o seu aspecto sumido, murcho, acabando-se de magrém, sempre arrepiada, como de frio... De frio, em pleno verão. Sim, que era dezembro, dia 24, véspera de

Natal. E que trazia o Natal à pobre da pedrês?... Morriam manchas violáceas nas lonjuras do horizonte, e as primeiras estrelas palpitavam no céu. O cheiro dos cravos e das rosas, no quintal, expandindo-se mais vivo, na doçura da sombra. A avezinha sofria, coitada! Acariciou-a, chegou a beijá-la. – "Para que isto. Exagero." Pediu desculpas a si mesmo: sentira necessidade daquele gesto. E continuou. Também as galinhas, os pobres bichos, precisavam do afago de mãos humanas. Olhem, vejam como dobra o pescoço raquítico, baixa suavemente a cabeça à macia pressão dos dedos...

Quando saiu desse êxtase, o escuro já era espesso, o violeta do céu fundira-se no tom cinzento-azulado comum, e as estrelas ardiam numerosas. E cada vez mais vivo o perfume das flores, disseminado na doçura e silêncio da sombra.

Na rua, tentou acariciar um menino que brincava, com outros, numa praça. O pequeno assustou-se do agrado daquele homem, seu vizinho, "sujeito esquisito", como ouvia toda a gente dizer:

– Me solte, meu senhor! Me solte!

Um dos coleguinhas, inquieto:

– Ele está maluco, está?

– Sei lá! Papai disse que ele não gira bem, não, que tem um parafuso frouxo... O pessoal tem muito medo dele. Ele não fala com ninguém. Só queria que vocês vissem. Credo!

Passado o susto, os garotos voltaram a brincar. O maluco seguiu caminho, numa perfeita serenidade aparente, apenas desmentida pela expressão errantemente aflita do olhar, do olhar onde havia de ordinário o tom parado, fixo, dos que não se espantam com a vida. Tremiam-lhe ansiosas as mãos, ansiosas de afagar crianças, aqui e ali. Uma delas, dos seus oito anos, olhos azuis, cachos louros, correu de medo ao vê-lo estender-lhe os braços.

Outros meninos topou, de olhos e cabelos de cores várias. Passavam quase sempre acompanhados. Iam para casa. Mais tarde, no sossego do lar sem incompreensões, ouviriam bonitas histórias, comeriam dos bolos de festa; depois, alguns iriam divertir-se com a chegança, o fandago, o reisado, o pastoril; e depois, de manhãzinha, encontrariam atrás da porta a feliz surpresa de todos os anos.

Andou, andou. Uma criança de olhos azuis e cabelos louros, em cachos. Sete anos feitos. O louro dos cabelos herdado do pai, e nos olhos o azul-claro dos olhos maternos. Criança que o pai mimava pouco, de pudor, de timidez. Amada em silêncio, num cerrado silêncio. Véspera de Natal. As deliberações impensadas... As incompreensões fundas... Uma palavra, um gesto teria resolvido tudo. Por que não se esperara esse gesto, essa palavra? De um esquisitão nada se espera. E a decisão precipitada, sem explicações, para maior vingança. A casa deserta, numa desolação de cemitério. As rosas povoando a sombra doce com o seu perfume; as rosas morrendo, um dia, abandonadas, dentro do crepúsculo. A galinha pedrês, magra, arrepiada e triste, curvando mansamente a cabeça ao soprar macio do vento de fim de tarde, na ilusão de que mãos humanas lhe buscavam suavizar o sofrimento. O galo soltando o seu cocoricô, no úmido silêncio das madrugadas. E as estrelas, no alto, palpitando como um coração – coração insensível, apartado das angústias da terra.

– Mamãe, mamãe!
– Que é isso, menino?

– Olhe aqui, mamãe. Eu achei este embrulho, bem em cima do sofá, na casa do homem esquisito, que queria me pegar. A casa estava escura, que eu até tive medo de entrar. Mas, como estava toda aberta, sem ninguém dentro... Que beleza, mamãe! Quanta coisa! Que trenzinho bonito! Piuíííí...
– Fale mais devagar, meu filho. Tenha calma. Para que tirou?...
– Tem ninguém lá não, mamãe.
– Eu logo vi! Ela deu o fora, a pobre da mulher. Quem pode suportar um esquisitão daqueles? Para onde teria ido ele? E a mulher com o filho?

Um muxoxo:
– Eles lá que se entendam...
– Mas olhe, mãezinha, olhe! Quanto livro de história! E esta gaita? E o automóvel? E os soldadinhos de chumbo? Não sei como Papai Noel bota tanta coisa na casa de um homem assim... Mas tudo é só pra mim, não é, mãezinha? Depois o Pedrinho quer também. Mas quem achou fui eu, tudo é meu, não é, mãezinha? A mãezinha é tão bonita! Um beijinho!

As dolorosas irremediáveis incompreensões... O abandono. O silêncio. O deserto. Olhos azuis, cabelos louros, sete anos em flor... Outros olhos azuis, muito abertos, longas mãos, seios firmes e altos... Nunca mais. Agora é um cheiro agreste de plantas, de flores, dentro da noite. Já desde muito morreu o canto da chegança, as vozes claras das pastoras convidando as companheiras a ver o Menino-Jesus recém-nascido:

> Belas companheiras,
> vamos a Belém
> ver quem é nascido
> para o nosso bem.

Jesus nasceu para o nosso bem... O vento, que agita as grandes árvores, já não traz as cantigas do Natal. O esquisitão vai andando. Olhos azuis... Agora cantam os grilos, os sapos... Cantos-gemidos, gritos. O ramalhar triste das grandes árvores, agitadas pelo vento. A queixa dos bichos e a dos vegetais misturando-se a outra dor uma dor humana, grande e silenciosa, no escuro silêncio da noite. E ele caminha, para longe – cada vez para mais longe da compreensão humana.

1940

O BALÃO DE S. PEDRO

Se ele quisesse tomar óleo de rícino, seria bom: provavelmente expeliria os gases – o grande perigo dos operados – e aquela ânsia havia de ter fim. Mas qual! Manuel não tolerava óleo de rícino:
– Prefiro morrer, doutor.
– Mas, olhe...
– Nada.
E o médico, depois de coçar a cabeça:
– Se fosse possível conseguir erva-cidreira...
Mas onde, àquela hora, quase meia-noite, e com urgência? No hospital não havia. Onde arranjar erva-cidreira? Em alguma casa conhecida, perto? Onde? O médico tornava-se inquieto, o filho de Manuel inquietava-se, e a vida do enfermo se esvaía, por entre gemidos, com o suor. Não sabia ele que na operação lhe haviam arrancado um dos rins.
– Ah, doutor...
– Um momentinho...
O médico friccionava com éter o emagrecido braço, já todo picado.
– Ah, doutor, não posso mais com tanta injeção...
– Paciência, paciência...
(Ah! que mais lhe fora a vida senão sessenta e três anos de paciência?)

— Que agonia!
— Paciência...
O filho interveio, estrangulando um soluço:
— Papai, tenha calma...
Os olhos azuis de Manuel fixaram-se no rapaz – olhos compridos de quem já estivesse olhando de longe a vida.

De quartos próximos chegavam, a espaços, gemidos abafados. Surdos ressoavam lentos passos no longo corredor banhado de luz anêmica: passos de irmã de caridade. Uma delas entrou, com a fria gravidade das religiosas, para quem a morte é, afinal de contas, uma felicidade, um encontro pessoal com Deus. A certo movimento do operado, procurou erguer-lhe o tronco, jeitosamente, depois as pernas. Chegou-lhe devagar a comadre, em que o paciente devia aliviar-se. Inútil aquela dolorida agitação do corpo alagado de suor, aquela triste exibição de partes vergonhosas. Inútil: o vaso foi retirado inteiramente limpo. E o doente contorcia-se, e o médico preparava-lhe, com outras injeções, sob o olhar neutro da enfermeira, pequenas moratórias da morte.

— Doutor, doutor... Sinto a vista escura...
— Não tenha medo. Paciência...
Saíra das cogitações a erva-cidreira. Injeções, injeções – e a ânsia, a ânsia crescendo, o resfolegar curto e amiudado, o suor em bica, os olhos turvos:
— Meu filho...
José enxugava-lhe o suor:
— Calma, papai...
José não acreditava em Deus. Impossível oferecer ao pai o arrimo de uma crença inexistente no coração do filho. Encontrou solução:
— Calma, papai... O senhor não acredita em Deus?...
O olhar do enfermo fez-se mais longe, mais vago; a voz, cada vez mais sem alento, sussurrou:

— Meu filho, eu morro... Ai... Estou sentindo uma coisa na vista... Vá chamar sua mãe, seus irmãos.

— Calma, papai. Tenha fé – pediu o filho, com a falta de convicção de quem não acredita no remédio inculcado.

Afastou os olhos: talvez a luz frouxa que ainda restava nos do pai desse para ver a lágrima que teimava em cair. No retângulo da janela recortava-se – grande marcha avermelhada no escuro de breu do céu – um balão. Era noite de S. Pedro.

Manuel arregalou os olhos, fitou-os no balão. Correu por eles um lampejo, como se os iluminasse aquela claridade ambulante:

— Meu filho, eu morro...

Então, José não soube dizer-lhe mais nada.

Que teria pensado Manuel naquele instante, ao fixar o balão? Ninguém o soube, ninguém o saberá. Os olhos outra vez se recolheram, baços e mortiços: atenuaram-se os gemidos num quase cicio. Aproximou-se um padre, solícito. O enfermo o enxergou. E José, ainda com alguma esperança, pediu ao médico afastasse a batina importuna: aquilo poderia emocionar o doente, e...

— Ainda há esperança, doutor?

— Bem... Vai-se ver... Mas...

Antes de sair do quarto para ir chamar a família, José deu novo olhar ao balão, que subia sempre, sempre, lá no céu escuro.

Ao entrar no automóvel, as lágrimas rebentaram-lhe em pranto convulso. O balão naturalmente ainda subia. Manuel ainda avistaria o balão.

— Depressa, chofer!

O balão subia. Certo que Manuel, do leito, já não poderia divisá-lo emoldurado no retângulo da janela do hospital. E, ainda que o balão não se desviasse daquele ponto, oferecendo-se imóvel à contemplação do enfermo, como extremo consolo – de que valeria? A luz dos olhos era já tão fraca e turva...

Mãe e alguns irmãos, avisados, guiaram para o hospital em outro automóvel, enquanto José seguia no seu a avisar outro irmão:
– Mais depressa, chofer...

Cheiro confuso e nauseante de remédios. Parado por instantes, perplexo, o doutor excogitava supremos recursos de salvação. O doente, fugia-lhe a vida, com o suor frio, com o lume dos olhos, com o desaparecimento do balão nos longes escuros do céu.

Quem sabe se o balão lhe fugiu de todo? Aquele modo de olhar, e o tom de voz, depois que o viu... Ah, o balão...

Pobre, órfão muito cedo, maltratado pela madrasta – com que sacrifício, todos os anos, o menino Manuel conseguia fazer o seu balãozinho! Os dez-réis e os vinténs pacientemente acumulados, para comprar papel de seda! Mas também, se era escura a noite (S. João escuro, Natal de lua, rezava a experiência popular), que beleza aquela nota vermelha no pretume do céu! Alguns fogos de S. João, igualmente obtidos a custo: uma rodinha, dois traques de chio, outros tantos diabinhos – e o balão, maravilha suprema dos seus olhos. O balão subia. Lá se ia erguendo acima do coqueiral, para as bandas da praia.
– "Cai, cai, balão!"

....

(Por que, de um momento para outro, tudo parecia escurecer mais?)

....

Veio a adolescência – e, com o buço, visitaram Manuel as primeiras inquietações de amor. E pelo S. João – de S. Antônio a S. Pedro – a faca enterrada na bananeira (que escuro!... ah, sim!), as sortes tiradas em reuniões domésticas, as adivinhações a propósito da futura noiva... S. João: as fogueiras! Quem não fazia fogueira, o diabo – credo! – dançava-lhe na porta de casa. A povoação de Tatuamunha, que nem sonhava sequer com a luz morrente de uns lampiões; onde de iluminação pública só havia o luar – a cuja luz tantas vezes Manuel, e o pai de Manuel, e talvez o avô "marinheiro" de Manuel, liam romances de Escrich e Alexandre Dumas –, a povoação se iluminava de fogueiras nas noites joaninas. O milho assado, a canjica, a pamonha... (Por S. Antônio as moças casamenteiras se esgoelavam nas novenas, com mais fervor do que as beatas velhas). Danças, às vezes, por S. João, por S. Antônio ou por S. Pedro. A quadrilha. Manuel ia aprendendo a tirar quadrilha. Ia-se preparando aos poucos para homem. Danças de roda, com a cantiga portuguesa:

> Manuel, que lindas moças!
> Manuel, que lindas são!
> Manuel, quero-te bem,
> Manuel, no coração!

Manuel, Manuel....

....

Lá por fora os balões clareavam o céu de Tatuamunha. S. João de escuro, Natal de lua. Melhor assim, quando a lua era pelo Natal. O escuro realçava os balões.

Ao recolher-se, já tarde (naquele dia, excepcionalmente, o velho Totônio dava-lhe permissão para isso), Manuel vinha cheio de lembranças: um olhar, um gesto, uma flor – tudo segundo o dicionário dos namorados, o *Dicionário das folhas, flores, frutos e raízes*. E, já em casa, antes de se deitar, olharia ansioso para algum balão retardatário, que subia, subia sempre, no escuro céu estrelado de Tatuamunha... O coqueiral cerrado tatalava, tocado pelo terral. Da praia, um pouco distante, chegava a queixa das ondas. Vaga-lumes – balõezinhos rasteiros – estrelavam a escuridão. Uma voz de serenatista varava os ares, magoada e longe:

> Ebúrneos seios, seios perfumados,
> sedosos pomos, santo relicário,
> que têm sido tanta vez... os meus pecá-á-dos...

Tudo isso compunha um silêncio tão perfeito que Manuel podia escutar o bater do próprio coração.

....

(Uma coisa vai fugindo... A voz é um fiozinho de nada: "Ah! que escuridão! Meus filhi...")

Manuel tinha o queixo preso por um lenço, a cabeça meio pendida, numa serenidade quase feliz. Ardia-lhe perto uma vela. Ao pé da cama esmaltada de branco, o balde coalhado de chumaços de algodão e ampolas vazias. Nos olhos cerrados estaria guardada a imagem do balão. Numa cadeira – um botão de colarinho, pobre e de osso. Alguém da família disse a José:

– Morreu como um passarinho.

Disse-lhe também que, enquanto Maria, a filha, lhe enxugava o suor alagante, Manuel volvia para os seus um olhar em penumbra, esmorecido, "um olhar triste e de cortar o coração", e da boca só lhe brotavam uns sons cavos, pastosos, roucos... Talvez as mãos, enfeixando frangalhos de energia, tateassem o ar, com lentidão aflita, num gesto de bênção. Talvez...

José olhava, por instinto, em direção à janela. Nem sombra do balão.

Numa sala vizinha o médico preparava o atestado de óbito. A enfermeira passeava pelo quarto, de vez em vez fixando no morto o olhar frio, onde parecia agora luzir uma luz mais viva. Dos outros quartos próximos – como sempre – gemidos de novas agonias, naquela casa de agonias. A morte continuava. Mariposas esvoejavam de encontro aos globos de luz rala e amarelenta. E ali, sobre a cadeira, solitário, o botão pobre, de osso.

Como um passarinho. Como caíra aquele balão que os seus olhos viram pela última vez a ensangüentar o escuro do céu. Talvez naqueles derradeiros instantes, quando já sem voz fixava nos filhos uns olhos tão tristes, talvez os visse ainda pequeninos, doidos de alegria com a subida de um balão.

Talvez, talvez. Ninguém o sabe, ninguém o saberá. Somente ele, Manuel, ele que morreu como um passarinho; que se consumiu e desapareceu, como o balão de S. Pedro, dentro daquela noite escura, de céu escuro – escuro que nem o céu remoto de Tatuamunha. Só ele.

1947

RETRATO DE MINHA AVÓ

A Paulo Rónai

D. Cândida Rosa de Moura Ferreira anda beirando os noventa anos. Não sabe quando nasceu. Não sabe coisa nenhuma. Desde os meados do século XIX que vem vivendo assim. E, se na vida já passou dissabores, se algumas vezes a infelicidade a atingiu, tudo poderia D. Cândida responsabilizar por esses transtornos, menos a sua ignorância. Ignorância bem sólida: não conhece dinheiro, e na conta vai pouco além dos nossos avós selvagens. Ignorância que se ignora a si mesma.

Filha de proprietário rural, senhor de escravos, nunca freqüentou escola, nem teve em casa quem a desasnasse. Nem ela nem as irmãs, a última das quais morreu não há muito tempo.

– Meu pai não botou fia em escola p'r amô de não aprendê a escrevê pra namorado – diz a velha.

E conta, ainda hoje, curiosidades dos costumes de então em matéria de namoro e noivado. No seu caso, nem houve namoro. Meu avô a viu de relance e de longe, e mandou pedi-la em casamento. Amor alimentado a notícias vagas. Sabia que ia casar porque o pedido fora aceito. Um dia os noivos conseguiram avistar-se de perto, em casa da negra Ana, com a cumplicidade da escrava. Nada, porém, de conversa ou expansões de ternura. Assim decorreu o noivado, sem aproximações – tudo rigidamente solene, dentro de inflexíveis princípios morais, em respeito à honra da donzela e da família. Depois, o casamento: bilhete de loteria que, em tais condições, dificilmente poderia sair premiado. Para D. Cândida Rosa foi um bilhete branco. Os anos não lhe desvaneceram a mágoa funda, que ela por vezes deixa escapar, com a sua admirável incorreção de linguagem, a sua fala rica do pitoresco mais vivo e mais variado.

Tenho em minha avó preciosa fonte para estudos lingüísticos. Os pontos de contato, tão numerosos, entre a língua das classes incultas e a dos nossos velhos clássicos, estou a observá-los a cada passo, quando D. Cândida Rosa faz uso da palavra, o que se dá com apreciável freqüência. Ao falar, a máscara enrugada contrai-se forte, o beiço inferior, meio dependurado, encontra-se a custo com o superior, um dente amarelo e pontudo – o único – acompanha o queixo no vaivém ronceiro, e há nos seus olhos – melhor, no seu olho direito, porque há muito cegou do esquerdo – um lampejo onde raro se entremostra a simpatia humana. Quando não se refere, raro, a episódios tristes da sua vida, grita com a empregada, com o resto do pessoal de casa, com bisnetos de dois anos, descompõe largamente, vai até às pragas. Roga praga com uma segurança digna de elogios:

– Diabos te leve, diabo, a mão que futucou aqui!

Diz isto – no mínimo – se não acha alguma coisa no lugar. A sintaxe é exatamente assim, bem sua.

Ególatra, não admite a impunidade para quem quer que lhe perturbe o bem-estar, o doce ritmo do sossego. Há de vir o castigo, e multiplicado em relação ao crime. Justiça inexorável, que a todos envolve em suas malhas, sem distinção de cor, idade ou sexo:

– O diabo que me fizé argum má, ou seje macho ou feme, ou grande ou pequeno, ou preto ou branco, há de pagá arredobrado.

E acrescenta, tapando à vítima do seu ódio, a última brecha de impunidade:

– Ou nesse mundo ou no outro.

Ir às vias de fato não é, para a velha, expressão distante da realidade. Certa vez, aborrecida com uma empregada de minha irmã, passou-lhe no braço escuro a faca amolada com que descasca o pão.

A côdea do pão a enoja – e é meticulosamente eliminada. Não há quem a faça tocar em queijo ou manteiga. É chegada aos doces que só uma criança. Gosta das comidas pesadas – a feijoada, o cozido, a panelada, a mão-de-vaca. Come a banana machucada de mistura com o feijão e a farinha – uma espécie de paçoca. Abusa do café. E dá a vida pelo seu bom pirão mexido. O café há de ser muito grosso, deixar bem viva a marca na xícara:

– Quero café de se cortá ca faca.

E é comuníssimo ouvi-la reclamar:

– Isso é lá café! Uma coisa que nem tenge!

Despreocupada de quanto diz de perto com a higiene, mantém, no entanto, certos curiosos requintes de vaidade, só explicáveis pela caduquice. Diante do espelho a encontro sempre a alisar o rosto, tentando suavizar os pés-de-galinha, em guerra inútil contra a natureza. Também usa arrancar cabelos brancos. Tarefa não menos ociosa: a cabeça já se lhe encaneceu de todo. Não lhe ponham defeitos no físico; deixem-lhe em paz as pernas finas e a proeminência da barriga, se não querem vê-la encrespar-se. Chamam-lhe velha? Logo salta com quatro pedras na mão. Tenho-a ouvido transformar a palavra *moça* em *mosca* para efeito de represália, quando o insulto lhe é dirigido por pessoa do seu sexo.

Uma birra entranhável ao negro. E, para ela, o indivíduo teve a pigmentação um pouco mais carregada, já sabe – é moleque. Se está sob suas ordens, não importa a cor – é moleque. É de extrema exigência em coisas de branquidade. A regra geral dos defeitos do finado marido apresenta a exceção desta virtude: era filho de português, de "marinheiro"; homem branco, portanto.

O negro, a seu juízo, é o escravo. Fora daí não pode compreendê-lo.

Consta-me que não se requintava em ternuras com os pretos de sua propriedade: trazia-os num cortado brabo; descompunha-os; batia-lhes; e chegou a fazer a experiência de queimar um deles com tição em brasa. Força de gênio.

Mas está longe de ser uma fera, como à primeira vista pode parecer. Tem os seus momentos – muitíssimo raros, é certo – de delicadeza, de jovialidade, de mansidão absoluta.

Fuma largamente. De quando em quando pede cigarros:

– Eu quero um cigarro pra acendê.

Nunca os pede *para fumar*.

Geme o que o dia dá. Conversando, gritando, praguejando, está sempre a gemer. Questão de hábito.

Hoje, deita-se com as galinhas. Às seis horas, logo depois da ceia, vai dormir. Acorda entre as cinco e as dez da manhã. Há dias em que desperta a casa inteira, gritando que já é tarde. Nesses dias toma café aí pelas seis ou sete horas, e antes das dez, sentindo fome, começa a reclamar o almoço:

– Há tanto tempo que já deu mei-dia, e cadê o diabo dessa comida, que não aparece? Maria, traga o sapo ou a raposa que tivé pra mim!

Estranho relógio, o seu. A divisão do dia, D. Cândida a faz pelas horas das refeições: de manhã, meio-dia e de noite. Seja qual for a hora a que desperte, é de manhã, a hora do café; e precipita a chegada do meiodia, ou mesmo o cair da noite, se o estômago pede o alimento de costume tomado a essas horas. E invoca o sol em favor da sua exigência:
– Ora se já deu mei-dia! O sol está naquelas artura!
Ou, então:
– O sol já se pôs. 'Tá chegando as carranca da noite. Já é hora de acendê a luz e trazê a ceia.

Pouco importa não passe das dez, ou esteja a noite longe de vir: o estômago é o seu relógio.

Já muito curva, ainda caminha, entretanto, sem arrimar-se a nenhum bordão. E irá assim, talvez, aos cem anos, sem aquela terceira perna do enigma de Édipo.

Curiosa nota do seu orgulho: não tolera que a tratem senão no diminutivo – Sinha Candinha ou D. Candinha; mas a ninguém dá tratamento igual. Minha irmã, que para todos de casa e as pessoas íntimas é Luisinha, para D. Cândida nunca passou de Maria Luísa.

O seu ânimo satírico se compraz na deturpação dos nomes alheios. A uma negra, Carlota, com quem seu marido mantivera relações ilícitas, ela chamava, por vingança, de "Garrota".

Nascida e criada no campo, conta muito pouco da vida ali. Fala – falava – ligeiramente dos escravos: da Ana, do Miguel, de poucos outros. A respeito desse Miguel sabe uns versos, que há tempo já não recita:

> Minha gente, venha vê
> a matreixa do Migué,
> moiada de cardo,
> melada de mé.

— Que quer dizer matreixa? — perguntaram-lhe certa vez.

— Eu não falei em matreixa, não. Eu dixe potrosa.

E não entrou em explicações. Dá para queixar-se, às vezes, de que o telhado de seu quarto está cheio de olhos que a espreitam:

— A gente não pode tirá a roupa, nem 'tá descansada, com um podê de menino oiando de lá de riba.

Um de meus irmãos a convenceu de que os mortos vêm passear neste mundo:

— Olhe: o pai da senhora quer vê-la. Amanhã ele vem aqui.

A velha deu um muxoxo:

— Vai-te pra lá com a tua besteira, menino! Você já viu pessoa que morreu vortá pra Terra?

— Volta, sim, senhora. Depois vai para o outro mundo de novo. A senhora vai ver.

— Pois entonce você diga a ele que venha, que eu quero falá com ele. E que, se pudé, traga a mamãe.

— Mas ele disse que vem para levar a senhora para o outro mundo, ouviu?

— Tibe! Assim, não. Se ele quisé vim, venha, que eu até gosto; mas pra eu i pro outro mundo, não quero, não.

Ninguém lhe fale em morrer.

Teme a solidão. Quando saio de casa, quase sempre me recomenda:

— Você vai saí, chegue com cedo.

Expressão de sabor clássico, esse "com cedo" de minha avó, para o qual chamei a atenção de José Lins do Rêgo, entrou num dos seus romances.

E a fala de D. Cândida Rosa é rica de coisas assim: é o *entonce,* o *p'r amô de* ("por amor de"), *mode que* ("a modos que"), *paixão* no sentido de raiva, ira, tão vernáculo: "Home, isso me faz uma paixão!"...

Ouvi-lhe, de uma feita:

— O aratoro da Maria Luísa 'tá tibi de image, e ela ainda levou o meu Santo Antonho.

Jamais a vi chorar. Diz que, do muito que chorou, não lhe restam lágrimas. Parece de uma insensibilidade mineral. Quando morreu meu Pai, seu filho, foi difícil fazê-la chegar à nua realidade. Além de já ouvir a grande custo, como que se lhe afigurava impossível existir nexo entre a verdade e a notícia que lhe transmitiam:

— O quê? Morreu? Quem?

— O seu filho.

— Que foi que teve o meu fio?

— Morreu. Está na sala, morto.

— O que é, home?

— O seu filho morreu! — gritaram-lhe, bem alto, bem ao pé do ouvido.

De repente, a velha encaminhou-se para a sala de visitas e, aproximando-se do caixão onde meu Pai jazia, pediu — ela, que sempre manifesta exagerado apego à vida:

— Meu fio, tu morresse hoje... Vem amanhã ou depois me buscá pra tua companhia.

Tremia-lhe a voz: D. Cândida devia sofrer.

1938

MARIA ARAQUÃ

A Antônio Celso

Corpo seco, esgrouviado, meio curvo; pixaim grisalho; peito sumido; olhos encovados e doces, onde entreluzia um toque de lascívia; dois dentes inferiores ressaltando, alvíssimos e agressivamente pontudos: aí está Maria Araquã, tal como eu a via em menino, na cidade de Porto Calvo, quando ela vinha de um engenho próximo passar uns dias em casa de meus pais.

    Escrava de meus avós maternos, mantivera-se em companhia dos amos enquanto eles viveram. Suave convivência, algum tanto paternal, de patrões que fechavam os olhos a certos desmandos de sua propriedade humana. Veio a Abolição – e a negra continuou com eles. O beribéri levou o chefe da família, senhor do engenho Boa Esperança –, e a negra continuou na casa onde passara boa parte de sua vida. No princípio deste século a febre amarela matou minha avó. Então Araquã se pôs a errar pelas casas das filhas da antiga senhora, pelos engenhos dos Buarques, dos Holandas Cavalcantis e dos Lins.

    Maria Araquã resume, para mim, um passado que não tive a boa fortuna de conhecer. Falava dos costumes de então ("Era tudo tão deferente!"), da sua noite nupcial com Manuel Pimenta, da cozinha da casa-grande, onde principalmente exercia a sua atividade, como "cozinheira de mão-cheia", dos folguedos, das danças e cantorias que, principiando sábado à noite, entravam pela manhã e, com breves intervalos, se prolongavam por todo o domingo vadio ("dia de negro"), das armadas que fazia aos patrões, a propósito dos quais nunca teve palavra de queixa. Não havia nessa atitude um mero convencional respeito póstumo: a crioula era franca, destabocada – o que tinha para dizer, dizia, sem apego a conveniências.

Essa impetuosidade, que em certos instantes lhe acendia os gestos, de ordinário lentos, morosos, e ateava-lhe no olhar, habitualmente macio, uma expressão chamejante de ódio, não sacrificava a doçura que Araquã possuía no íntimo do coração. Doçura quase sempre disfarçada: como que tinha pudor de ser boa.

Nunca me sairá da memória o sentimento com que a negra cantava coisas do seu tempo de moça – as "valsas-vianas" (varsovianas), por exemplo, dentro de um ritmo castigado e numa voz que era vibrante sem prejuízo da ternura:

> Minha mãe foi, foi, foi,
> nunca mais me escreveu.
> Ôh, que dorr! ôh, que dorr!
> Ôh, que dorr sinto eu!

Dançava, em passo miúdo, cadenciado, acompanhando seguramente a música.

A energia do seu acento vocal fulgurava na enunciação dos erres. Carregava neles bem vivo, e trocava em erres os eles, com freqüência. Um falar "explicado", de imitação aos brancos.

Após a ceia, costumava cantar na cozinha, ao pé do fogão de lenha, onde o borralho aquecia uma velhice ainda afoita mas já sensível ao frio noturno, ao vento, que por vezes agitava duas velhas palmeiras do quintal. De uma das suas modinhas mais tristonhas lembra-me bem esta quadra:

> Ingrata, quando eu morrerr,
> na sepurtura vai pôrr
> uma letra em cada canto:
> a-m-o-r – amorr.

Os erres iam rolando longos pelo espaço. E Araquã prosseguia, encantando o seu auditório – eu e meus irmãos Antônio e Juca, não raro Luisinha, minha irmã, mais velha. Mamãe e Papai ficavam lá para a sala de jantar, ou a de visitas, onde, à luz do belga – belga bonito, de que o velho tinha certa vaidade –, conversavam com parentes ou amigos, quando não preferiam a calçada. Já sabiam de cor e salteado aquelas "lorotas" de Maria Araquã. Minha avó paterna, D. Cândida Rosa, tirando suas tragadas, em vagarosos passeios pela casa ou displicentemente derreada numa cadeira, resmungava, uma vez ou outra, contra "as cantoria besta": "Esses menino mode que não tem o que fazê: tudo feito uns babaquara, de queixo caído com as besteira dessa negra". Araquã fazia ouvidos de mercador. Em outras ocasiões, não seria bem assim: travar-se-ia na certa um bate-boca. Mas, ao cantar, a negra vivia só para o seu canto, dava-se-lhe de todo o coração, num arrebatamento a que não era estranha certa ponta de sensualidade.

Maria cantava. À mulher de um senhor de engenho, dono de muito gado, aparecia, na ausência do marido, uma figura meio misteriosa, entre homem e fantasma, cobiçando-lhe as reses.

> Samba-lelê, samba-lelê,
> de quem é tanto gadinho?
> Ô mano...

– dizia a figura, em voz de acalanto. E a mulher respondia com doçura igual:

> Samba-lelê, samba-lelê,
> tudo é do meu marido...
> Ô mano...

E a história do calangro e da lagartixa? Entre numerosas aventuras dos dois, a negra contava, cantando, que

> Calango foi convidado
> para uma festa no céu,
> largatixa perguntou:
> – "Calango, tu tem chapéu?"

> Calango matou um boi,
> botou um quarto na teia,
> largatixa foi bulir,
> calango passou-lhe a peia.

Carregava no erre de *bulir*, no de *quarto*, e principalmente no de *largatixa* – como pronunciava.

Quase sempre repetia, a instâncias do auditório, o "Samba-lelê" – cantiga para se ouvir de olhos cerrados, mole canção de embalo, onde não se fazia sentir a aspereza gutural dos erres de Araquã; acalanto abafado na surdina dos sons fechados e nasais, do *ê*, do *ô*, do *ã*, e dos *is* prolongados e tristes.

Maria Araquã! Que prestígio o seu, na família! Minha avó materna, naturalmente que em vida a negra a tratava com maior respeito; mas a morte como que fizera uma obra de nivelamento, e D. Luísa Buarque de Holanda Cavalcanti Accioli Lins era, na boca de Araquã, "a Dondom". "O Berino" – eis como chamava a meu avô, Berino Justiniano Accioli Lins. Quanto à Mamãe e às outras "meninas" – Amélia, Júlia, Olívia, gente que ela "viu nascer" – os apelidos mais íntimos, e Fulana: nada de D. Fulana. Mamãe era "a Quinha".

Eu e meus irmãos gostávamos de aperreá-la. Numa das suas temporadas lá em casa, arranjou um chapéu de massa ordinário, que mal lhe cobria o cocuruto e ostentava umas pontas comicamente agressivas. A gente o batizou de "chapéu de dois bicos":

– Olha o chapéu de dois bicos da Araquã!

A negra ficava uma jararaca. Que "esses meninos da Quinha não sabem tratar as pessoas mais velhas", que no seu tempo as coisas não eram assim, que aquilo era falta de respeito, não estava certo, que ela "só cortava pelo direito". Terminou queixando-se a Mamãe e despedindo-se:

– Bem, Quinha, eu vou-me embora, que isso não tem mais jeito. Já é demais. Me dê farinha, feijão e uma quarrta de carrne.

Os erres saíam medonhamente guturais, estraçalhantes.

Não me lembra se dessa vez acabou cedendo às ponderações de Mamãe: deixasse de tolice; ela, uma negra velha, ia atrás de maluquices de menino?

Na maioria dos casos, acabava cedendo. A raiva murchava. Retornava ao seu jeito habitual. E à noite, enquanto as palmeiras do quintal ramalhavam ao vento, ou a umidade noturna se insinuava pela cozinha, nós a tínhamos de novo a nosso lado, evocando cenas da senzala, contando histórias de Trancoso, embalando-nos com a "valsa-viana", o caso do calango e da lagartixa, o canto suave do vulto irreal que cobiçava as reses do homem ausente ("Samba-lelê, samba-lelê...").

Vi Maria Araquã nos seus últimos dias, em casa de tia Amélia, em Porto Calvo, anos depois que me mudara dali. Um farrapo humano. Fora-se a resistência da raça – tanto mais quanto uma queda violenta quase a deixara aleijada. Iria nos oitenta anos; muito além disso, se é verdadeiro o ditado – "Negro quando pinta tem três vezes trinta": a cabeça toda branca. Broca, distante do mundo, só a custo se lembrou de mim. Perguntou pela Quinha, meio vaga, os olhos perdidos, errantes; queixou-se da vida. Esmolava. Minhas tias, pobres, davam-lhe o que podiam. Forças, já não as tinha para nada neste mundo; arrimava a um bordão os frangalhos de uma energia moribunda. Quase não falou do passado: a memória falha, vacilante, alinhavava mal-e-mal retalhos esgarçados de coisas dispersas, fugidias. Queixou-se da vida. Dei-lhe algum dinheiro. Esteve a cair-me aos pés. A ternura do velho coração africano entornava-se-lhe pelos olhos escuros já sem brilho, onde entreluziu uma luz instantânea. E era toda admiração para mim, para o homem que eu me tornara:

– Quem havera de dizê! O menino da Quinha! Um homem feito! Gordo, bonito!

Caía de súbito em longos silêncios extáticos, batendo com o cacete no chão, devagar, alheadamente, enquanto os olhos permaneciam enfiados no meu rosto, ou me escorregavam lentos pelo corpo, mediam-me, numa contemplação infinita, da qual emergia para repetir:

– O menino da Quinha! Quem havera de dizê!

A voz, já sem vida; fora-se-lhe de vez o acento enérgico: era um fiapo de voz. A mesma vibração dos erres desaparecera, aquela dignidade com que eles violentamente guturais lhe saíam da boca, de todo deserta agora, sem os oásis dos dois dentes pontiagudos:

– O menino da Quinha! Sim sinhô! Quem havera de dizê!

A fala humanizara-se; perdera os arremedos do falar de branco. Haviam morrido quase todos os erres. Maria Araquã reencontrava-se.

Os olhos – sumidos, muito sumidos nas órbitas fundas, como se se refugiassem, medrosos, aterrados do espetáculo da vida – em certos instantes parecia procurarem avançar, para me verem melhor:

– O menino da Quinha! Quem havera de dizê!

Ficava batendo os beiços, como que ensaiando expressar, de si para si, novos louvores, que se acanhava de enunciar.

E, evocando, em face dessa ruína humana, a criatura que eu conhecera doze anos atrás – ainda forte, lépida, com uns resíduos de vivacidade luxuriosa no olhar; evocando essa imagem já um pouco esvanecida e, sobretudo, pensando no que devia ter sido a Araquã dos tempos do Boa Esperança, eu repetia com ela, intimamente, do seu mesmo jeito, no seu mesmo tom: "A Maria Araquã! Quem havera de dizê!".

Era uma tradição que eu via desmoronar-se ali. Tradição que meses depois estaria enterrada, com o mirrado corpo troncho de Maria Araquã.

1940

SEU CANDINHO FISCAL

A Reginaldo Guimarães

Tenho uma vaga idéia de que era magro. Talvez não fosse alto. Louro, moreno, preto? Preto, creio que não. Louro também não seria, que em Porto de Pedras não havia louros. Escrevendo, teimo em lhe apanhar, numa penada, um trecho incisivo da singular figura; as palavras se distendem e avançam como garras, mas contraem-se e recuam, inúteis: tudo o que, desprendido lá dos longes do passado, me chega neste momento, é a diluída visão de um velho magrinho e trigueiro. Visão infixa, sem apoio em nenhum dado nítido da memória. Imagem de substrato meramente sentimental, construída de maneira arbitrária, pela necessidade íntima de corporificar um tipo a quem se vincula uma das mais amáveis recordações da minha meninice.

Seu Candinho fiscal. Seu Candinho. O nome, esse nunca me saiu nem sairá da lembrança – creio que por ser o mesmo de minha avó paterna, D. Candinha. Por sinal que, pela mania da velha de se intrometer em nossa vida, "dar definição de tudo", "bispar", como dizíamos, os de casa a apelidamos de "Candinho fiscal".

Nada mais sei de característico do meu herói.

Seu Candinho era quase uma figura popular. Fiscal de rendas do Estado – uma coisa assim; em todo caso, coisa humilde, que lhe conferia tênue parcela de autoridade e alguns cobres, ainda mais tênues, para enganar a fome. As mercadorias desembarcadas em Porto de Pedras tinham de passar pelos olhos dele – mais uma suave formalidade do que algo de rigidamente funcional. Certo, Seu Candinho nunca multou ninguém.

E lá ia vivendo tranqüilo, naturalmente: as necessidades não eram muitas naquela terra; os homens haviam-se afeito a um padrão de vida quase miserável. Os que não andavam descalços usavam chinelos ou tamancos, e apontavam-se a dedo quatro ou cinco (entre estes o Dr. Oliveira, juiz substituto) que se davam o luxo de botinas fora dos dias de festa – festas de igreja, em geral. O mar fornecia-lhes peixe, que muitos pescavam com suas jangadas e os outros compravam a preço ínfimo. A carne-de-ceará e outros mantimentos vindos "da praça" não seriam tão baratos; mas as praias cobriam-se de coqueiros, o que, sobre ser poético, tinha esta vantagem de ordem prática: reduzia o preço do coco e até, não raro, possibilitava a aquisição gratuita de alguns. Os homens mais inquietos, de imaginação acaso incendida pela vizinhança do oceano, entregavam-se desde cedo à vida marítima, originando-se daí famílias inteiras de modestos lobos-do-mar. Digo "modestos" para atenuar a ênfase da expressão. "Lobos-do-mar" sugere oceanos irritados, águas revoltas, insolentes, alguma coisa daquele "mar tenebroso" de que rezam os antigos. E em verdade vos digo que o mar, por ali e pelas alturas a que se aventuravam as barcaças de Porto de Pedras – a Isaura, a Dois Irmãos, a Mondego, a Linda Flor, tantas outras, por vezes de nomes tão liricamente pitorescos ou ingênuos que se diriam saídos de poemas de Antônio Nobre – o mar não tinha quase nada de temível. Os perigos oceânicos existiam mais, muito mais, nas cheganças. Nestas, os gajeiros, como se desde cedo se habituassem a imaginar, agravados, os riscos de uma vida que viram a seguir depois, cantavam de rudes tempestades, nas quais o "vento é tanto que nos faz chorar". Na própria chegança lhes nasceria a indiferença aos possíveis perigos, à força de verem ou viverem cenas como aquela em que o piloto da Catarineta se mostrava enfadado com os que o advertiam da borrasca iminente:

> Não me consuma, gente, deixe eu dormir,
> não me consuma, gente, deixe eu dormir.
> Se a tormenta vem,
> ela vem, deixe ela vir;
> se a tormenta vem,
> ela vem, deixe ela vir.

Tudo isso, porém, só muito de raspão se pode entrosar nas minhas reminiscências de Seu Candinho. Desgraçado sistema de palavra-puxa-palavra, lembrança-puxa-lembrança. Ah, quando pego a errar por esses caminhos da infância – misteriosos caminhos, habitados de anoiteceres entre coqueirais, de vozes gementes de mar, de cantos de grilo por noites escuras, pontuadas de longe em longe pela esmorecida luz de lampiões –, quando saio a bestar por esses caminhos familiares, esses velhos companheiros, até me vem o desejo de neles me perder, esquecendo todos os outros a que fui conduzido.

Tornemos a Seu Candinho.

Era por volta de 1920. O comércio de Porto de Pedras recebia então de Maceió uns cigarros que, em vez de cheques, como alguns de hoje, distribuíam cartas de baralho. Um baralho pequenino – maravilha. Não nos servíamos dele para jogo, eu e meus irmãos, nem mesmo daqueles jogos de meu Pai e seus amigos – em que os lances mais arrojados eram de dois vinténs, quando não se dava o caso de serem as moedas caroços de feijão ou de milho. Não, não era para jogo o baralho. Ele nos oferecia prazer menos interessado: o de colecionarmos as cartas, contemplarmos com os nossos olhos e palparmos com as nossas mãos aquelas figuras de reis e damas e ases e valetes... e – acima de tudo – o melé. O melé do baralho – o curinga, espécie de palhaço, de vulto cômico – acendia-nos estremeções de alegria. Como a casa de negócio de meu Pai fosse contígua à de morada, freqüentemente eu e meus irmãos o ajudávamos a despachar a freguesia. Vivíamos à espera do momento, inefável entre todos, em que, abrindo uma carteira para vender cigarros a retalho, ou vendendo-a inteira a um freguês que generoso nos quisesse satisfazer a paixão, viéssemos a entrar na posse de uma daquelas figuras, principalmente de um melé.

Ora, certo dia chegou de Maceió, em carta, a notícia de nova remessa dos tais cigarros. A barcaça portadora deles parece que se demorou um pouco... Tudo é muito impreciso, muito vago. Não sei se era obrigação de Seu Candinho comunicar aos negociantes, em certos casos, a chegada de mercadorias, para que eles assistissem, em companhia do fiscal, ao desembarque delas. Não sei bem, nem mal. Sei que pela madrugada – seriam quatro e meia – bateram à porta lá de casa, e nós, os pequenos, nos levantamos juntamente com Papai, ao ouvir, lá fora, uma voz familiar. Eram as mercadorias que tinham vindo: eram os cigarros: era o melé. Aberta a porta, surgiram a nossos olhos Seu Candinho e a madrugada.

As madrugadas nas cidadezinhas têm um toque de virgindade que lhes amplia o mistério. Os homens repousam, na esquecida tranqüilidade dos seus lares, refazendo forças para a continuação da luta às primeiras horas do dia. As ruas, os becos, os caminhos estão quietos e solitários; o vento passa por eles sereno e quase vadio, distraindo-se com pedacinhos de papel, folhas secas, roçando tímido o calçamento de grama, saudoso de rostos e vestes para acariciar. As estrelas mandam, lá do alto, uma luz capionga de círios; e cá embaixo as árvores, hirtas e negras, com leves mesuras e discretos sussurros quando tocadas por um soprar mais desenvolto da viração, tem a gravidade taciturna de sacerdotes de estranho rito. E, porque não se vê então vivalma, a imaginação humana povoa de mitos a solidão das madrugadas. Não compreendendo que a terra fique deserta, sem o elemento humano, que lhe dá sentido, o homem parece que imagina sucedâneos seus – o lobisomem, o saci, o joão-galafoice, a burra-de-padre, seres medonhos – para encher o imenso espaço vazio. São eles os que velam o corpo inerte da terra e o sono plácido das criaturas. Nas grandes cidades todo esse mundo é desconhecido: nelas as madrugadas são insolentemente povoadas de seres de carne e osso, trabalhadores noturnos, retardatários em regresso de diversões, tresnoitados de cassinos. Desfaz-se, nelas, o sentido lírico da noite morta. Nas cidades grandes, a noite não chega a morrer.

Era uma noite morta aquela em que surgiu – novo habitante do mistério noturno, companheiro amável do lobisomem e do joão-galafoice – Seu Candinho fiscal. O vento era tão macio, tão mansa a voz do mar próximo, que, não fôssemos tão simples, eu e meus irmãos, havíamos de ver em toda essa doçura uma homenagem a Seu Candinho. Sua voz encerraria melodias inéditas para os nossos ouvidos.

Penso que meu Pai acompanhou Seu Candinho até à praia, para o desembarque das mercadorias. Fomos com eles, ou Papai nos mandou entrar, e Mamãe, lá de dentro, reforçou a ordem. Seja como for, nenhum de nós três há de ter dormido mais, esse dia. Andariam já umas listras arroxeadas lá pelo horizonte; a madrugada esmorecia: e, nascida dessa madrugada única, ficaria em nós eterna a lembrança de Seu Candinho fiscal, e, com ela, a das cartas de baralho, e – particularmente – a do melé.

Seu Candinho fiscal. Magrinho, talvez. Talvez moreno. Velhinho, possivelmente. E a sua voz? Não sei, não sei. Infância longínqua! A madrugada, o melé do baralho – e Seu Candinho fiscal.

1947

FEIRA DE CABEÇAS

A Carlos Domingues

De latas de querosene mãos negras de um soldado retiram cabeças humanas. O espetáculo é de arrepiar. Mas a multidão, inquieta, sôfrega, num delírio paredes-meias com a inconsciência, procura apenas alimento à curiosidade. O indivíduo se anula. Um desejo único, um único pensamento, impulsa o bando autômato. Não há lugar para a reflexão. Naquele meio deve de haver almas sensíveis, espíritos profundamente religiosos, que a ânsia de contemplar a cena macabra leva, entretanto, a esquecer princípios e convicções. Leva a esquecer que essas cabeças de gente repousam, deformadas e fétidas, nos degraus da calçada de uma igreja.

Cinco e meia da tarde. Baixa um crepúsculo temporão sobre Santana do Ipanema, e a lua crescente, acompanhada da primeira estrela, surge, como espectador das torrinhas, para testemunhar o episódio: a ruidosa agitação de massas que se comprimem, se espremem, quase se trituram, ofegando, suando, praguejando, para obter localidade cômoda, próxima do palco.

Desenrola-se o drama. O trágico se confunde com o grotesco. Quase nos espanta que não haja palmas. Em todo caso, a satisfação da assistência traduz-se por alguns risos mal abafados e comentários algo picantes, em face do grotesco. O trágico, porém, não arranca lágrimas. Os lenços são levados ao nariz: nenhum aos olhos. A multidão agita-se, freme, sofre, goza, delira. E as cabeças vão saindo, fétidas, deformadas, das latas de querosene – as urnas funerárias – onde o álcool e o sal as conservam, e conservam mal. Saem suspensas pelos cabelos, que, de enormes, nem sempre permitem, ao primeiro relance, distinguir bem os sexos. Lampião, Maria Bonita, Etelvina, Luís Pedro, Quinta-Feira, Cajarana, Diferente, Caixa-de-Fósforo, Elétrico, Mergulhão...

– As cabeças!
– Quero ver as cabeças!

Há uma desnorteante espontaneidade nessas manifestações.

As cabeças. Não falem de outra coisa. Nada mais interessa. As cabeças.

– Quem é Lampião?

Virgulino ocupa um degrau, ao lado de Maria Bonita. Sempre juntos, os dois.

– Aquela é que é Maria Bonita? Não vejo beleza...

O soldado exibe as cabeças, todas, apresenta-as ao público insaciável, por vezes uma em cada mão. Incrível expressão de indiferença nessa fisionomia parada. Os heróis de tantas sinistras façanhas agora desempenham, sem protesto, o papel de S. João Batista...

Sujeitos mais afastados reclamam:

– Suspenda mais! Não estou vendo, não!
– Tire esse chapéu, meu senhor! – grita irritada uma mulher.

O homem atende.

– Agora, sim.

A pálpebra direita de Lampião é levantada, e o olho cego aparece, como elemento de prova.

Velhos conhecidos do cangaceiro fitam-lhe na cabeça olhos arregalados, num esforço de comprovação de quem quer ver para crer:
– É ele mesmo. Só acredito porque estou vendo.
Ouve-se, de vez em quando:
– Mataram Lampião... Parece mentira!
Virgulino Ferreira, o rei do cangaço, o "interventor do sertão", o chefe supremo dos fora-da-lei, o cabra invencível, de corpo fechado, conhecedor de orações fortes, vitorioso em tantos recontros – Virgulino Ferreira, o Capitão Lampião, não pode morrer.
E irrompe de várias bocas:
– Parece mentira!
No entanto é Lampião que se acha ali, ao lado de Maria Bonita, junto de companheiros seus, unidos todos, numa solidariedade que ultrapassou as fronteiras da vida. É Lampião, microcéfalo, barba rala, e semblante quase doce, que parece haver-se transformado para uma reconciliação póstuma com as populações que vivo flagelara.
Fragmentos de ramos, caídos pelas estradas, durante a viagem, a caminhão, entre Piranhas e Santana do Ipanema, enfeitam melancolicamente os cabelos de alguns desses atores mudos. Modestas coroas mortuárias oferecidas pela natureza àqueles cuja existência decorreu quase toda em contato com os vegetais – escondendo-se nas moitas, varando caatingas, repousando à sombra dos juazeiros, matando a sede nos frutos rubros dos mandacarus.
Fotógrafos – profissionais e amadores – batem chapas, apressados, do povo e dos pedaços humanos expostos na feira horrenda. Feira que, por sinal, começou ao terminar a outra, onde havia a carne-de-sol, o requeijão de três mil-réis o quilo, com o leite revendo, a boa manteiga de quatro mil-réis, as pinhas doces, abrin-

do-se de maduras, a dois mil-réis o cento, e as alpercatas sertanejas, de vários tipos e vários preços.

Ao olho frio das codaques interessa menos a multidão viva do que os restos mortais em exposição. E, entre estes, os do casal Lampião e Maria Bonita são os mais insistentemente focados. Sobretudo o primeiro.

O espetáculo é inédito: cumpre eternizá-lo, em flagrantes expressivos. Um dos repórteres posa espetacularmente para o retratista, segurando pelas melenas desgrenhadas os restos de Lampião. Original. Um furo para *A Noite Ilustrada*.

Lembro-me então do comentário que ouço desde as primeiras horas deste sábado festivo: "Agora todo o mundo quer ver Lampião, quer tirar retrato dele, quer pegar na cabeça... Agora...".

Há, com efeito, indivíduos que desejam tocar, que quase cheiram a cabeça, como ansiosos de confirmação, por outros sentidos, da realidade oferecida pela vista.

Desce a noite, imperceptível. A afluência é cada vez maior. Pessoas do interior do município e de vários municípios próximos, de Alagoas e Pernambuco, esperavam desde sexta-feira esses momentos de vibração. Os dois hotéis da cidade, literalmente entupidos. Cheias as residências particulares – do juiz de direito, do prefeito, do promotor, de amigos dessas autoridades. Para muitos, o meio da rua.

Entre a massa rumorosa e densa não consigo descobrir uma só fisionomia que se contraia de horror, boca donde saia uma expressão, ainda que vaga, de espanto. Nada. Mocinhas franzinas, romanescas, acostumadas talvez a ensopar lenços com as desgraças dos romances cor-de-rosa, assistem à cena com uma calma de cirurgião calejado no ofício. Crianças erguidas nos braços mater-

nos espicham o pescoço, buscando romper a onda de cabeças vivas e deliciar os olhos castos na contemplação das cabeças mortas. E as mães apontam:
– É ali, meu filho. Está vendo?
Alguns trocam impressões:
– Eu pensava que ficasse nervoso. Mas é tolice. Não tem que ver uma porção de máscaras.
– É isso mesmo.

Os últimos foguetes estrugem nos ares. Há discursos. Falam militares, inclusive o chefe da tropa vitoriosa em Angico. Evoca-se a dura vida das caatingas, em rápidas e rudes pinceladas. O deserto. As noites ermas, escuras, que os soldados às vezes iluminam e povoam com as histórias de amor por eles sonhadas – apenas sonhadas... Os passos cautelosos, malseguros, sobre os garranchos, para evitar denunciadores estalidos, quando há perigo iminente. Marchas batidas sob o sol de estio, em meio da caatinga enfezada e resseca, e da outra vegetação, mais escassa, que não raro brota da pedra e forma ilhotas verdes no pardo reinante: o mandacaru, a coroa-de-frade, a macambira, a palma, o rabo-de-bugio, o facheiro, com o seu estranho feitio de candelabro. A contínua expectativa de ataque tirando o sono, aguçando os sentidos.

O sino toca a ave-maria. Dilui-se-lhe a voz no sussurro espesso da multidão curiosa, nos acentos fortes do orador, que, terminando, refere a vitória contra Lampião, irrecusavelmente comprovada pelas cabeças ali expostas.

Os braços da cruz da igrejinha recortam-se, negros, na claridade tíbia do luar; e na aragem que difunde as últimas vibrações morrediças do sino vem um cheiro mais ativo da decomposição dos restos humanos.

Todos vivem agora, como desde o começo do dia, para o prazer do espetáculo. As cabeças!

A noite fecha-se. Em horas assim, seriam menos ferozes os pensamentos de Lampião. O seu olhar se voltaria enternecido para Maria Bonita.

Que será feito dos corpos dissociados dessas cabeças?

O rosto de Maria Bonita, esbranquiçado a trechos por lhe haver caído a epiderme, está sinistro.

Onde andará o corpo da amada de Lampião? A cara arrepiadora, que mal entrevejo à luz pobre do crescente, não me responde nada.

E Lampião? Sereno, grave, trágico. O olho cego, velado pela pálpebra, fita-me.

1938

VOZES DE CHEGANÇA

A Lúcia Miguel Pereira

Dias antes do Natal principiava a construção da barca. Fincavam paus no solo, atavam-lhes compridas ripas, e após o entaipamento vinha o reboco, e a caiação. Nem faltava o rodapé escuro e, à popa, o desenho da âncora. Estava pronto o convés; os mastros já subiam no ar: as velas é que não vinham nunca tremular ao vento, nas árvores altas e direitas.

As velas, porém, seriam o menos: o que me enchia os olhos, e os ouvidos, e os sentidos todos, estava longe de ser aquela cópia de embarcação – a mim, que via tantas outras no original, de velas arriadas, em repouso das viagens longas, ou inquietas, correndo, panos palpitantes à ventania do mar alto.

A chegança – eis o que verdadeiramente me impressionava; as personagens da chegança, homens simples, erguidos de súbito, alguns deles, à dignidade de oficiais. Ostentavam suas fardas brancas, não raro de saco de farinha-do-reino, ombros agaloados, botões de um amarelo reluzente, os quepes a velar um pouco as fisionomias negras ou trigueiras.

Oficiais. Viviam a fundo os seus papéis. Com que energia davam ordens, cantando! Como se lhes entrecruzavam as espadas, em arrogante desafio:

> Capitão, você não intime
> a querer ser bom patrão...

Homens extraordinários. Tinha-os por exemplares de grandeza; e, em meus sonhos de menino, não me repontava ambição mais afoita que a de ser oficial da nau Catarineta.

Não, creio não haver dito a verdade inteira: nada menos que o posto de oficial, encheria bem as medidas da minha cobiça qualquer outra função na chegança.

O meu sonho, afinal, era ser da chegança, unir a minha voz àquelas vozes que povoavam a noite de cantigas tantas vezes embebidas de penetrante melancolia:

> Na saída de Lisboa,
> quando eu fui puxar o ferro,
> alembrei-me da morena
> do namoro lá em terra.

Amor de marinheiro – hoje reflito, que naquele tempo não saberia de amores: amor truncado de repente, que é preciso regressar. Se, retornando a embarcação, a amada já não houver transferido a outro o seu afeto, talvez a paixão se reacenda no marujo. Mas as mulheres raro se fiam em corações de marinheiros – corações que se andam distribuindo pelos portos de escala; que se atam fácil a um sorriso, a um olhar negro ou castanho entrevisto em noite de boêmia em terra, após dias solitários de bordo: depois, a embarcação levanta âncora...

E, contudo, muitas vezes fica um desses sorrisos, um desses olhares, acompanhando o marujo nas cruas horas de solidão marítima – mesmo depois que a impaciência do amor desviou a rota ao coração da mulher amada. Então o marinheiro sofre. Em instantes furtados à faina, mergulha os olhos compridos nas lonjuras de mar e céu. Sofre.

Em geral os tripulantes da Catarineta eram ou haviam sido marujos, ou tinham pais, avós marujos. Bons descendentes de portugueses, destes herdaram o complexo talássico: na vila pobre, de campo estreito para as ambições, o aceno do mar fascinava-os.

Tinham, pois, alma de marinheiro. E eis a razão de encarnarem bem esse sofrimento dos homens do mar. Sofrimento que lhes punha na voz um fundo acento de ternura, um tom fanhoso, arrastado, gemente, a rasgar os longes da noite feito uma queixa.

Da influência dominante dessa mágoa de amor viria o estender-se o tom de queixume a todos os versos cantados: os de contentamento por terra próxima:

> – Ô gente, que terra é esta,
> terra de tanta alegria?

– misturados de um fundo religioso:

> – É o Pátio do Rosário,
> é o Pátio do Rosário,
> onde festejam Maria,
> onde festejam Maria...

aqueles em que se lamentava a morte do gajeiro:

> Caiu o meu gajeiro na água...
> Valha-me Nossa Senhora...

outros – entoados em momentos aflitivos de tempestade
– que contavam do arrependimento de haver, embarcando, desatendido os conselhos maternos:

> Minha mãe bem me dizia
> que eu não fora me embarcar,
> que este anau se perderia
> e eu me lançaria ao mar...

Em todos os cantos o mesmo acento de melancolia.

Essas criaturas com quem, na maior parte, eu cruzava todos os dias, tal importância adquiriam para mim, ao vê-las e ouvi-las como personagens da chegança, que eu me deslembrava de sua apagada vida cotidiana. Eram outros, seres desconhecidos, heróis, gente de chegança. O mesmo gajeiro, tantas vezes da minha idade – até ele, trepado no topo do mastro, queixando-se do vento, em voz esganiçada:

> O vento é tanto que me faz chorar...

– era, aos meus olhos maravilhados, figura de relevo.

Depois, eu não me dava sempre à análise e consideração de cada um deles: gostava mais de ouvi-los que de os ver; e, ouvindo-os, as suas vozes se confundiam num lamento único, rouquenho, espreguiçado, que caía aos pingos, devagarinho, na sensibilidade da gente.

A chegança! O pessoal de bordo tinha um andar gingante de marinheiro. A voz casava-se com esse balanço – o balanço da embarcação sobre as ondas imaginárias. A voz gingava, banzeira como o corpo, como a embarcação, como o mar. A voz nascia-lhes do coração – coração banzeiro, oscilante entre amores vários, tantos deles perdidos; preso aqui a um sorriso, ali a um olhar de grandes olhos pretos, adiante a um par de mãos suaves, que aprazia apertar com as grossas mãos calejadas.

Toda essa oscilação flutuava-lhes na voz, na voz triste, de indefinível tristeza, na voz que me ficaria vida fora nos ouvidos e na saudade, como em Joaquim Nabuco ficou impresso para sempre o rumor longínquo dos carros de bois da sua meninice em Maçangana.

E agora que escrevo, perto do mar, na tranqüilidade da noite velha, essas vozes me chegam – vozes de amor mescladas a cantos de adoração religiosa, a gritos de alegria de terra à vista, a gemidos de aflito arrependimento; todas essas vozes me chegam, vozes de marinheiros de chegança, mais nostálgicas, mais trêmulas, mais roucas, como exaustas da longa caminhada; chegam-me aos farrapos, essas vozes eternas, do fundo da infância remota, perdida.

1941

BIOBIBLIOGRAFIA

A biografia de Aurélio Buarque de Holanda Ferreira – lexicógrafo, professor, tradutor, crítico, poeta, ficcionista – revela a dedicação de uma vida inteira voltada às letras. Nascido Aurélio Buarque Cavalcanti Ferreira, a 3 de maio de 1910, no pequeno município alagoano de Passo de Camaragibe, era filho do comerciante Manuel Hermelindo Ferreira e de Maria Buarque Cavalcanti Ferreira. Passou parte da infância em Porto de Pedras (AL), onde viveu dos oito meses aos dez anos, e em Porto Calvo, no mesmo estado. As duas cidades são referidas em "Seu Candinho fiscal" e "Maria Araquã", retratos em que o escritor recorda episódios da meninice.

Em 1923, já em Maceió, cursou os preparatórios ao Liceu Alagoano, mas interrompeu os estudos para trabalhar, detendo-se em diversas ocupações. Aos 14 anos iniciou carreira no magistério, que seguiria até quase o fim da vida. Aos 17 lecionava no Ginásio de Maceió. Pouco antes, com 15 anos, publicou o primeiro soneto em *O semeador*, jornal da capital alagoana.

A década de 1930 foi decisiva para o jovem Aurélio (que a esse tempo já assinava Aurélio Buarque de Holanda Ferreira, incorporando ao nome de batismo o sobrenome da família materna). Retomados os estudos, ingressou em 1932 na Faculdade de Direito do Recife, onde se diplomou em 1936, ano em que se tornou professor de português, francês e literatura do Colégio Estadual de Alagoas. Por essa época travou contato com o grupo de intelectuais formado por Graciliano Ramos, José Lins do Rego, Rachel de Queiroz, Valdemar Cavalcanti e outros, que atuaria de modo determinante no cenário cultural do Nordeste. A morte do pai, em 1935, inspiraria dois belos momentos de sua obra ficcional: os contos "O chapéu de meu Pai" e "O balão de S. Pedro".

Depois de exercer alguns cargos públicos em Maceió, mudou-se em 1938 para o Rio de Janeiro, cidade que não mais deixaria. Na então capital federal, lecionou no Colégio Pedro II e em outras instituições. Escreveu na imprensa carioca e, de 1939 a 1943, exerceu o cargo de secretário da *Revista do Brasil*, periódico em que publicou, em 1939, o ensaio "Linguagem e estilo de Machado de Assis". Em 1941, Aurélio dava os primeiros passos na lexicografia, como colaborador do *Pequeno dicionário brasileiro de língua portuguesa*. A tarefa se encerraria em 1956, com a entrega do material para a 10ª edição, mas o trabalho do dicionarista – que o absorveria por toda a vida e mais tarde faria seu nome referência entre os usuários da língua portuguesa – apenas começava. Em 1942 saiu a primeira edição de *Dois mundos*, seu único livro de ficção, vencedor do Prêmio Afonso Arinos, da Academia Brasileira de Letras. A essa altura, já era chamado nas rodas literárias de "mestre Aurélio", por conta do profundo conhecimento da língua tantas vezes posto a serviço dos amigos escritores em camaradescos trabalhos de copidesque. Casou-se com D. Marina Baird (com quem teve dois filhos, Aurélio e Maria Luísa) em 1945, ano em que lançou, em parceria com Paulo Rónai, o primeiro volume de *Mar de histórias – antologia do conto mundial*, coleção que reuniria mais nove tomos editados até a década de 1990. Ainda em 1945, publicou o ensaio "Linguagem e estilo de Eça de Queirós", no *Livro do centenário de Eça de Queirós*. Em 1949, a edição crítica de *Contos gauchescos e lendas do sul* trouxe o estudo "Linguagem e estilo de Simões Lopes Neto", que, segundo Paulo Rónai, "situou o ficcionista gaúcho em seu verdadeiro lugar na história da literatura brasileira".

Na década de 1950, prosseguiu em fecunda atividade intelectual: foi nomeado professor de português do Instituto Rio Branco (em 1952), regeu o Curso de Estudos Brasileiros da Universidade Autônoma do México (em 1954 e 55), elegeu-se para a Academia Brasileira de Filologia em 1956 e, no ano seguinte, para a Academia Alagoana de Letras. Publicou, entre outros títulos, a tradução dos *Poemas em prosa*, de Baudelaire (1950); o *Roteiro literário do Brasil e de Portugal* (1956), em colaboração com Álvaro Lins; *Território lírico* (1958), ensaios; *Enriqueça o seu vocabulário* (1959), compilação de artigos que vinha escrevendo desde 1950 na revista *Seleções do Reader's Digest*.

Em 1961 foi eleito para a cadeira nº 30 da Academia Brasileira de Letras, na sucessão de Antônio Austregésilo. Em 1975, depois de árduo trabalho e prolongadas negociações com editores, veio a lume a obra que o consagraria, o *Novo dicionário da língua portuguesa*, popularmente conhecido como o "Aurélio": seu nome estaria definitivamente vinculado à obra, que ainda daria outros rebentos, como o *Minidicionário da língua portuguesa* (1977), o *Médio dicionário Aurélio da língua portuguesa* (1980) e o *Dicionário infantil da língua portuguesa* (1989), ilustrado por Ziraldo. Em 1990 saiu o volume póstumo *Grandes vozes líricas hispano-americanas* (edição bilíngüe), com seleção e tradução de Aurélio e prefácio de D. Marina Baird Ferreira.

Faleceu em 28 de fevereiro de 1989, no Rio de Janeiro, deixando um legado inestimável, fruto de "uma vida plena em todos os sentidos", conforme testemunho de Otto Lara Resende. Suas lições permanecem vivas, renovadas a cada consulta em seu dicionário, a cada leitura que se faça de sua vasta obra.

NOTAS

O conto "O escritor Alberto Barros" foi transcrito a partir da 1ª edição de *Dois mundos*. Rio de Janeiro: José Olympio Editora, 1942.

Os textos de "Molambo", "Dr. Amâncio, revolucionário", "Mangas de defunto", "João das Neves e o condutor", "Moema", "Roseira, dá-me uma rosa", "As coisas vão melhorar", "Numa véspera de Natal", "O balão de S. Pedro" e "Seu Candinho fiscal" foram transcritos a partir da 2ª edição de *Dois mundos*. Rio de Janeiro: Edições O Cruzeiro, 1956.

Os textos de "O chapéu de meu Pai", "A primeira confissão", "Acorda, preguiçoso...", "Zé Bala", "Filho e pai", "Dois mundos", "Retrato de minha avó", "Maria Araquã", "Feira de cabeças" e "Vozes de chegança" foram transcritos a partir de *O chapéu de meu Pai* (3ª edição reduzida de *Dois mundos*). Brasília: Editora Brasília, 1974.

ÍNDICE

Muito além do dicionário 7

Contos

A primeira confissão 19

"Acorda, preguiçoso..." 27

O chapéu de meu Pai 37

Molambo 49

Dr. Amâncio, revolucionário 63

Mangas de defunto 69

João das Neves e o condutor 79

O escritor Alberto Barros 87

Dois mundos 93

Filho e pai 101

Zé Bala 113

Moema 139

Roseira, dá-me uma rosa... 147

As coisas vão melhorar 153

Numa véspera de Natal 159

O balão de S. Pedro 165

Retratos

Retrato de minha avó 173

Maria Araquã 181

Seu Candinho fiscal 189

Quadros

Feira de cabeças 195

Vozes de chegança 201

Biobibliografia. 207

Notas 211

Impresso nas oficinas da
Gráfica Palas Athena